人民共和國文化與文學叢書

九 編

李 怡 主編

第 12 冊

我和舒蕪先生的網聊記錄
（第四冊）

吳 永 平 編著

花木蘭文化事業有限公司

國家圖書館出版品預行編目資料

我和舒蕪先生的網聊記錄（第四冊）／吳永平 編著 -- 初版
-- 新北市：花木蘭文化事業有限公司，2021〔民110〕
目 2+186 面；19×26 公分
（人民共和國文化與文學叢書 九編；第 12 冊）
ISBN 978-986-518-510-7（精裝）
1. 舒蕪 2. 學術思想
820.8   110011117

特邀編委（以姓氏筆畫為序）：

吳義勤　孟繁華　張　檸
張志忠　張清華　陳思和
陳曉明　程光煒　劉福春
（臺灣）宋如珊
（日本）岩佐昌暲
（新西蘭）王一燕
（澳大利亞）鄭　怡

ISBN-978-986-518-510-7

9 789865 185107

人民共和國文化與文學叢書
九　編　第十二冊　　　　　　　ISBN：978-986-518-510-7

我和舒蕪先生的網聊記錄
（第四冊）

編　　著　吳永平
主　　編　李　怡
企　　劃　四川大學中國詩歌研究院
總 編 輯　杜潔祥
副總編輯　楊嘉樂
編　　輯　許郁翎、張雅淋、潘玟靜　美術編輯　陳逸婷
印　　刷　普羅文化出版廣告事業
出　　版　花木蘭文化事業有限公司
發 行 人　高小娟
聯絡地址　235 新北市中和區中安街七二號十三樓
　　　　　電話：02-2923-1455／傳真：02-2923-1452
網　　址　http://www.huamulan.tw 信箱 service@huamulans.com
初　　版　2021 年 9 月
全書字數　556951 字
定　　價　九編 12 冊（精裝）台幣 30,000 元

我和舒蕪先生的網聊記錄
（第四冊）

吳永平　著

目

次

第三冊

第四冊

2007-02-01　舒蕪談解放初的雙重身份

　　wu，你好！偶然重讀《口述自傳》，想到解放初期，我的身份與路翎他們有不同處：我在廣西，主要是以當地「進步教授方管」身份，作為民主人士左派被重用，以至成為周恩來署名政務院任命的南寧市人民政府委員，如您所說「政治地位之高僅次於胡風」；而作為「作家舒蕪」的身份，則是次要的。我這樣雙重身份，為他們所無，他們無論解放前是何職業，一解放，立刻拋下職業身份，完全以作家一個身份存在。這一點不知道與事情的變化有關係與否，聊供參考。舒蕪上

先生：（主題詞：您說得對）

　　您所說的解放後的身份是重要的，誠如您所說，當時你是以「進步教授」的身份參加新政權的管理工作的，胡風等都沒有承擔過這樣的工作。聯想到梅志信中對「公家的人」放心不下，也可見出他們所自認的身份。

　　永平上

　　Wu yongping，您好！你說得對。舒蕪上

2007-02-05　舒蕪談陳閒

先生：近日讀胡風回憶錄，文中提到他在桂林編《文學報》與陳閒有關係——

> 「陳閒是廣西本地人。我到桂林後不久就主動來與我認識。他告訴我，他在某中學教書，還請我到他家去玩過。他家有世界名著的權威譯本，可能他到過日本。我是把他當作左傾文化人看的。他告訴我，國民黨內部消息頂注意的文藝界兩個人就是夏衍和我。這和宋之的前期在一次會上所說國民黨內部通報提到我的情況相符。他曾請我吃飯，席間有廣西的頭面人物李任仁。我也沒有問他這人的經歷，為什麼讓我和他見面。他為人溫文爾雅，常來找我閒聊，談文藝問題或別的問題，都很說得來。還常約我上本地的小館，但他和別人並不多來往。看來不喜歡趕熱鬧，也沒見他發表過什麼文章（可能是用別的名字，我不知道），知道他的人對他都很尊重。我和他就成了可以相談的朋友。」

　　您在《〈回歸五四〉後序》中也提到過陳閒：「1951 年 12 月 4 日，同省委宣傳部副部長劉宏、宣傳處處長陸地和省文聯秘書長陳閒等幾人，到邕寧縣

土改試點區的陳東村……」

請問，您提到的陳閒就是胡風提到的陳閒嗎？

我有網上查了一下陳閒其人，有記載「原名馮培瀾，廣西博白人。中共黨員。曾在梧州、桂林、南寧等地中學任教，後曾任《廣西日報》編輯，《南僑日報》駐香港通訊員，1950 年後在廣西文聯工作」。

您能談談這個人嗎？您曾與他談過胡風嗎？

永平上

wu yongping，您好！就是那個陳閒。他因為追求女學生陳安嫻而未成，故取筆名陳閒。抗戰勝利後，胡風介紹我給他所編的副刊（廣西日報）投稿。登了不少。解放後，我們才相見。他以老黨員資格出任廣西省文聯秘書長，不知道是幾級，只見他有勤務員。他贊成我檢討，替我出題目寫《再論主觀》，說：「一論的是小資產階級主觀，再論的就是無產階級主觀了。」我離開廣西後沒有聯繫，但聽說他最後神經分裂，把自己封鎖起來不見人，拒絕食物，說是周揚送來害人的。舒蕪上

先生：您在與胡風的通信中曾提到陳閒，注中並說他是「文學評論家」，曾主編《廣西日報》副刊，後被逼辭職。只是不知他寫過什麼著名的評論文章。永平上

wu yongping，您好！不記得他的文章了。舒蕪上

2007-02-16

舒蕪先生寄來「祝福」賀年片。

先生：您好！收到「祝福」。真是漂亮！

單位催提交國家課題申報表，我想利用春節這幾天趕趕。

擬報的課題為《舒蕪胡風關係史證》。

不管是否通過，試試吧。

致衷心的祝福！

永平上

2007-02-17

先生：（主題詞：最近工作）

今天在網上看到《阿壟「引文」公案的歷史風貌》，網址為：

http://www.yuehaifeng.com.cn/YHF2006/yhf2006-06-07.htm

永平上

2007-02-18 談「引文」公案

wu yongping，您好！拜讀一過，覺得對於今天一般讀者，恐怕不太好懂。或者是沒有把「引文」究竟「錯」在哪裏通俗地介紹一下之故。

祝丁亥新春大吉。

舒蕪上，丁亥第一日第一信

先生：您好！您說得對，該文不是為一般讀者寫的，是寫給羅飛等過來人及研究者們看的。「引文」其實並不錯，錯的是阿壠的解釋和引申。他為了反對「文藝的政治化」，便把文藝泛政治化，走錯了路，於是便被陳湧等抓住了。同期汪成法文也載於網上，請點擊如下網址：

http://www.yuehaifeng.com.cn/YHF2006/yhf2006-06-09.Htm

wu yongping，您好！《萬象》九卷三期有我的《關於「拒認」的信》一小文，是劉緒源兄把我給他的信轉去的，請指正。舒蕪上

先生：我院圖書館自去年起未訂《萬象》，我等下到門口書攤上去買一本。永平上

wu yongping，您好！第三期恐怕還沒有到書攤。舒蕪上

先生：（主題詞：課題申請表）

附件中是我最近幾天填寫的國家課題申請表，請閱示。月底上報。

永平上

2007-02-19 舒蕪談研胡的「十大關係」和「根本問題」

先生：（主題詞：課題申請表修訂）

申請表第一部分作了重大修改，請閱示。永平上

（附件：「1. 本課題國內外研究現狀述評及研究意義」。略，吳注）

wu yongping，您好！改得好。更明確鮮明了。但屢言「私人關係」，可否再斟酌？問題是這些關係皆有許多文化社會內容，不只是「私人」之間的關係。又，文化人類學是否與考據學類似？不這麼類比如何？又，政治詮釋之法，兩條路徑為什麼都不好不夠，缺點錯誤何在？需要指明。舒蕪上

先生：您的意見很重要，下午再斟酌。永平上

wu yongping，您好！（主題詞：有個根本問題）

我看，有這麼一個根本問題：您與他們的區別，不在於政治詮釋與文化人類學的區別，也不在於切入問題的區別。胡毛關係是大問題，胡舒關係是小問題，二者都存在。（二者也有聯繫，如聶紺弩就從胡毛異質說論胡舒關係。）他們並沒有否定胡舒關係問題的存在，他們對此問題的結論是耶穌與猶大的關係。您也沒有否定胡毛關係存在，但您對此問題的結論不太明確。您與他們的區別，我看是在於「細讀」與「粗讀」的區別，其實「粗讀」就是不讀，就是不具體研究胡舒關係的實際，從抽象的「耶穌與猶大」概念出發，粗枝大葉地下結論。您也並沒有排斥政治與道德的評價，而您堅持「細讀」之法，得出「莊公負叔段，叔段何負於莊公」（借用《東萊博議》語）的結論，否定了「耶穌與猶大」的結論。似乎該這麼來說明。如何？舒蕪上

先生：您好！謝謝！

課題申請表的寫法，完全以評委為對象。裏面所謂「文化人類學」云云，是寫給他們看的，也許他們愛這一套。其實，還是您說得對，其實也就只是個粗讀與細讀的區別，或抽象與具體的區別。但那樣寫，就顯得太直白了，他們會認為沒有「學理」。

在您與胡風的關係上，「耶穌與猶大」之說應該是個必須澄清的根本問題。我不這麼寫，是考慮到會縮小課題的範圍和普遍性，會讓評委們覺得，這只是個為個人辯誣的小事。

「胡毛關係」及「胡舒關係」，這種提法很新鮮。我過去沒有這樣比較過，沒有以你為基點，來考慮胡及毛之於您的不同意義。聽您現在一說，我覺得聶紺弩抓得還是比較準的。但仍有一點顧慮，聶既然已從這個角度發掘過，我再說也就沒有什麼意義了。此外，徐慶全等人近年發表過披露聶在批胡風運動中表現的文章，有視聶為犬儒主義者的傾向。我不想重複這個角度。

申請表中所提到的「政治詮釋」，前面加上「單一的」，以強調其偏向；多處出現的「私人關係」統一改為「交往」，以免引起誤會。不知這樣行不行？

永平上

wu yongping：（主題詞：根本問題）

根本問題在於：

1. 胡毛關係
2. 胡周（恩來）關係
3. 胡周（揚）關係
4. 胡胡（喬木）關係
5. 胡陳（家康）關係
6. 胡郭關係
7. 胡茅關係
8. 胡姚關係
9. 胡馮關係
10. 胡舒關係

這十大關係都可以研究，也需要研究，從哪裏入手都沒有什麼不對，互相之間也沒有什麼對立排斥，而且可以互相補充。您原來的提法，似乎從第一個問題入手就不對，似乎糾正之道就在於從第十個問題入手才對，這會是很大的誤會。從第一個問題入手，得出同質或異質的結論都沒有什麼不對，問題只看是細讀還是粗讀得來的。我以為，這是邏輯上的必須，不能顧忌「直白」與否而不合邏輯。如何，請酌。

舒蕪上

先生：經您列舉此十大關係，對我是一個警醒。我不能因研究胡舒關係而在申請表中瞧不起甚至忽略其他關係，不能因此而引起不必要的誤會。

綠原特別強調指出「要研究胡風……不研究舒蕪是不行的」，課題申請是從這一點寫起的。實際上，書稿也有意識地「旁及」了其他關係，只是怕扯得太遠，而控制著。

「細讀」誠然是個特點，我的所有老舍研究論文副標題都是「文本細讀及文化社會學分析」，寫了幾年，遺憾的是，大多數研究者似乎並未特別注意到到這個特點。他們也許認為，細讀與粗讀只是態度問題，而不是方法問題，我上信所說的「學理」說的就是「研究方法」，不講究研究方法，在學界便被說成是「無學理」。

考慮到這一層，我不太願意在課題申請表中寫入「細讀」，而只寫「文化人類學」。這似乎能唬住一些人。

您的上述意見，我想仍是可以通融寫入申請表的。在申請表中有如下一段：

　　當然，孤立地研究舒蕪是不夠的，應該著重研究他與胡風交往的全過程，研究他們各各的文藝思想、社會實踐及其相互影響，認真細緻地探討他們關係演變的歷史及個人原因。除此之外，還得把「胡風派」其他重要成員（路翎、阿壟、方然、歐陽莊、綠原等）也納入視野。

可以改為：

　　當然，孤立地研究舒蕪是不夠的，還應該著重研究他與胡風交往的全過程，研究他們各各的文藝思想、社會實踐及其相互影響，認真細緻地探討他們關係演變的歷史及個人原因。孤立地研究舒蕪與胡風的關係仍然是不夠的，除此之外，還得把「胡風派」其他重要成員（路翎、阿壟、方然、歐陽莊、綠原等）也納入視野。孤立地研究「胡風派」成員的關係仍然是不夠的，還得兼及他們與毛澤東、周恩來、郭沫若、茅盾、胡喬木、陳家康、周揚等及與同時代作家的交往與關係，等等。

這樣改，也許比較合於邏輯，也能與下面的「總之，筆者力求真實地勾勒出舒蕪、胡風關係演變的歷史，並以此為主線連綴相關歷史人物和歷史事件，期望能夠還原歷史運動中的某些被扭曲了的細節和線條」這句話呼應起來。

不知這樣改行不行？

永平上

wu yongping，您好！

不強調「細讀」也可以，但不能把研究胡毛關係和研究胡舒關係對立起來，好像研究胡毛同異就不對，必須從胡舒關係入手才對。舒蕪上

先生：待我再讀讀申請表，看還有哪些地方會造成那樣的誤解。永平上

wu yongping，您好！不是申請表上造成誤會，是全文問題：好像研究胡毛同異就不對，必須研究胡舒關係才對，把二者獨立起來。其實二者互不相干。

2007-02-20

先生：以下這篇短文是關於王麗麗專著的書評，其中談到您，並說專著中為您寫了一個專章。我只讀過王的幾篇論文，沒有讀過此書。建議您找來看看。永平上

（附件：蔡可《穿越文藝與意識形態之間的迷霧——讀王麗麗「胡風研究」》）

先生：申請表中增加了對王麗麗著作的點評，請閱：

貌似更全面的解析也有，王麗麗《在文藝與意識形態之間：胡風研究》採用西方現代社會科學研究方法「對胡風事件重新進行全方位解析」，「去魅」企圖繞開事件中的「政治糾纏」，「去蔽」企圖繞開事件中的「人事糾纏」，力圖將事件純化為「胡風的態度問題、理論問題和宗派主義問題」。然而，其著仍不能不為舒蕪設置專章，依然停滯於「基督」與「猶大」之辨。可見，「去」並不是好方法。

永平上

2007-02-23

先生：（主題詞：緒源先生信）

那篇寄給文匯報的文章終於被拒，下面是緒源先生的信。其實，那篇文章並沒有涉及到什麼敏感的問題。

緒源先生也提到我那本書對胡風的「主觀」的表述有問題，與您的看法似乎接近。

永平上

（附件：緒源先生的信。略，吳注）

wu yongping，您好！現在所謂「敏感」的範圍似乎很廣，簡直搞不清。連袁鷹那樣平和的書都被指為「洩露國家機密」，還有何可說？有一位馬列主義老太太說：「我不懂袁鷹把那些寫出來幹什麼，不是出共產黨的醜嗎！」這大概就是謎底。看來大著的問世，怕還有一段艱難歷程哩。舒蕪上

先生：文匯報退稿也許與「敏感」無關，胡風理論在上海有很多的追隨者，容不得別人說三道四。當然，我那篇文章並未說「壞話」。

將書稿申請國家課題，也是想試試「敏感」程度，如果連初選都進不去，

出版事可能會比較麻煩。

　　永平上

　　wu yongping，您好！我還保留一條路，必要時我出面找找上海書店出版社，三月份那裡馬上就要出我的散文集《平凡女性的尊嚴》（《舒蕪集》以後六年來的所有文章），現在正看校樣。我與他們的總編王為松有些聯繫。但不到別處全失望，我儘量不出面為好。而且即使最後找了他，是否一定有效也難說。且看吧。舒蕪上

先生：（主題詞：謝謝）

　　不到無路可走，先生最好不要出面。現在並沒有到那一步。我還只聯繫了一兩家出版社哩。還有好些出版社可以試試的。

　　永平上

2007-02-26　談《胡風家書》〔註155〕

先生：您好！（主題詞：本期《新文學史料》）

　　昨天收到今年第一期新文學史料，上有曉風編注《胡風家書》，中有幾封信與你有關係。尤其是解放初的一封，談到他對最親近朋友的關心，其中沒有您。可證，解放初他確實已把你排除在胡風派之外了。

　　另，昨天已把國家課題申請表已交上去了。以後的事情就聽天由命了。

　　我手頭正在為一朋友寫書評，忙過這篇文章後，才能全心回來修訂書稿。

　　永平上

　　wu yongping，您好！我現在也忙於看自己的校樣，又考慮為一位研究者關於周作人研究的書稿（哈迎飛：《半是儒家半釋家》，國家課題完成之作）寫序言。《胡風家書》沒有看，感到煩膩。也許不應該如此，但實在煩膩。舒蕪上

　　先生：您好！哈迎飛我認識，去年在福建開會，和她很談得來。她送我一本書，她是研究中國現代文學與佛教文化的高手。《胡風家書》我只略看了看，曉風說原信有數百封，但這次只公開了十幾封，等到全部公開，不知要

───────────────

〔註155〕曉風編：《胡風家書》，復旦大學出版社，2007年出版。下面談到的「胡風家書」皆引自該書，不另注。

到何時。

　　永平上

2007-02-28　舒蕪談「被偵察」

先生：（主題詞：請教兩事。）

　　以下是《新文學史料》第1期《胡風家書選》〔註156〕中的一封信，請閱。

17. 1952年9月29日致梅志

　　　　這幾天沒有什麼可告。前天魯藜來玩了半天。他兩年來受了事實教育，也還不能忘記創作上的要求，所以，在某一程度上，還是談出了心裏的話的。昨天，在明英處和他們玩了一天，這是每個星期日如此的。前天，他找來無恥談了幾小時，和從前一樣，很「友愛」地和他談了幾小時。看來，無恥還不曉得他自己的原形已在被偵查中，頗為得意。他寫了一篇八九千字的文章，批評我的，交給林去了。論點還是和我談過的一些，完全是耍花樣，在邏輯概念上騙人，當然都是適應上面的要求的。也許下月初可在日報上發表出來罷。我想，他的用處大概差不多了，過此以後，至少，大的毒計是施不出什麼來了。現在，是看上面怎樣運用「原則」了。（略）

　　　　今天將開始寫一個短報告，說明和無恥的關係，《論主觀》的來源，說明他的「思想」和我並沒有什麼共同之點。（略）

　　　　嗣興也很平靜，只是和無恥「友愛」地談過話以後，晚上氣憤得不得了。……（略）

　　這封信提到兩件事，未見於您的回憶錄：

　　第一件事，1952年9月27日魯藜曾找你長談，這次談話也是胡風「偵查」您的手段的一部分。

　　第二件事，在此之前，路翎也曾找你長談過，信中說他「氣憤得不得了」。

　　這兩件事，您還有印象嗎？

　　永平上

　　wu yongping，您好！他原文有些欠妥。只有路翎找我談過，魯藜並沒有。我九月二十七日日記云：「路翎來電話，約去談。在他宿舍坐了一會，同至東

〔註156〕曉風輯注：《胡風家書選》，載《新文學史料》2007年第1期。

安市場吃飯，又同至公園喝茶，打電話約方言來，談了一陣，路翎先回去。」方言是我的弟弟，在新華社工作，他與文藝界無關，我約他來喝茶，還癡心以為把路翎這個老朋友介紹給我的家人親戚。當時路翎的確也很「友愛」，「和從前一樣」。但我當天日記末尾就有云：「晚，與蕭殷談。據他說，路翎曾向魯藜表示，對我的公開信甚不滿云。」舒蕪上

先生：（主題詞：您是正確的）

對照上下文，並考慮當時魯藜與胡風的關係。您說的是對的。

是路翎奉胡風命約你談話，「偵查」你。與魯藜沒有絲毫關係。

您當時對路翎絲毫不存戒心，完全不知道他另有用意。

胡風信上沒有寫清楚，也許以後會引起一些對魯藜的猜疑。

永平上

wu yongping，您好！（主題詞：自覺愚蠢）

看了這些自覺愚蠢，完全相信毛的「批評與自我批評」公式行事，把他們還當老朋友待，不知道是在被偵察之中，真是大書呆子，糊塗蟲一個，慚愧，羞恥。

舒蕪上

先生：（主題詞：不是愚蠢）

胡風對舊日朋友竟搞上「偵查」這一套，如果不看這信，別人是不會相信的。我在書稿曾提到胡風讓綠原「刺探」你，你還寬厚地不讓我那麼寫呢！

當然，這不是你的「愚蠢」，而是對方的「狡猾」。

看曉風寫的「胡風家書後記」，知《胡風家書》不久將付梓，但願能早日買到這本書，或許能更多地為書稿作補充。

永平上

2007-03-01　舒蕪談身後是非

wu yongping，您好！近來強烈地感到身為「爭論」焦點人物之無聊。不過魯迅還不能逃脫身後是非，我又何必耿耿呢？是不是？舒蕪上

先生：您好！（主題詞：有資料，便不怕是非）

我理解您的心情，但「是非」並不會因您的沉默而稍減，有時也應以「歷

史在場者」的身份出來澄清一下史實為好。

胡風研究在今後一段時間內仍將是熱門課題，研究者不可能不談到您。與胡風家屬提供的資料相比，您提供的資料比較少，可以說處於不甚有利的地位。

我非常希望您能把原始資料都整理出來，公之於眾，為現當代文史研究者們提供第一手的研究資料。有資料在，話才好說，您不說，也會有人替您說。

永平上

wu yongping，您好！見教甚是。但原始資料我只有我致胡風函和參加討論會日記兩樣，此外沒有什麼了。您對此的開掘已經不少了。舒蕪上

先生：您好！（主題詞：不怕是非）

您也許誤會我的意思了，原始資料並不限於那些既有的文本，您的所述就是原始資料。近幾年，「口述史」漸成氣候，今年，《新文學史料》不是開闢了一個「口述歷史」的欄目嗎？

我的意思只是，如見有明顯的歪曲的議論，應當毫不猶豫地回應，本著澄清史實的態度，予客觀的述說。

您的《口述自傳》出來後，網上就有議論，說對胡風談的太少，有故意迴避之嫌呢！

永平上

wu yongping，您好！也許我太拘泥於文本，覺得「無徵不信」。我的子女對我這種看法也有意見。今後當注意。舒蕪上

先生：（主題詞：修訂書稿）

近日已開始修訂書稿，由於只是文字上的修飾，就不勞煩先生看了。如有疑問，再致信請教。永平上

wu yongping，您好！《補注》是否暫時停一停？舒蕪上

先生：（主題詞：《補注》稍後再寫）

《補注》事只得放一放了，河南大學出版社曾囑我 3 月將修訂稿寄去，看能不能列入第二季度出版計劃。修訂完書稿，就開始續寫「補注」。

關於撰文說明歷史情況，也不是一看到有偏差的文章就去糾正，而是說

對於那些太出格的、且有明顯誣陷成份的文章，是應該及時給予回應的。迴避並不是辦法，有時會被別人認為是「默認」或「心虛」。

　　永平上

Wu yongping，您好！（主題詞：不是迴避）

　　不是迴避，而是沒有文本憑據就難以回答。以前關於《第一批材料》，我與林默涵各有一說，就為綠原所譏諷，幸有葉遙主動出來作證，才得到證據。所以我更加拘泥於文本材料的有無了。關於「拒認」問題，也是他們自己提供了矛盾文本，我才一出擊。

　　舒蕪上

先生：傳統的治學方法全憑「文本」資料（梁啟超所說的「證據」），您的做法當然是對的。

　　但在有些情況下，沒有文本也是可以說話的。譬如，現在那些翻舊賬的人，大都是「第二代」了，如賈植芳的弟子們，他們扯的都是一些無憑無據的事情，反駁他們，似乎根本就找不到文本。您所說的挑他們文本的「矛盾」，這當然也是一法。

　　永平上

　　wu yongping，您好！我當注意。舒蕪上

2007-03-05　談出版事

　　先生：在書店看到《書屋》今年第2期，有邵建的文章：舒蕪先生《「國學」質疑》之質疑。未細看，似乎是舊話重提。永平上

先生：您好！

　　朋友介紹，把書稿給山東某出版社（該出版社近年來出版了不少文化類書籍）。剛才收到編輯回信，附在後面。讀過這信後，覺得此事真蹊蹺，出版政策又有變化麼？永平上

　　　吳先生：郵件收到。

　　　　剛剛和傅先生通過電話，做了解釋：今年可能不允許出版和胡風有關的任何書籍。看來只好待以時日了。

　　　　很遺憾。先生大作的出版，只好等等再說了。

　　　　恭頌案祺！

Xxx

2007 年 3 月 5 日

Wu yongping，您好！（主題詞：與胡風有關的書籍不許出版麼？）

為什麼這也成了敏感題目，真莫名其妙。但他說的是「可能」，是不是推測而非確訊呢？試再向別處進行，我覺得各出版社膽量大小，後臺軟硬，頗有不同，且看下文吧。邵建關於「國學」的文章，是曾經投稿《文匯報·筆會》而未用者，無新意。舒蕪上

先生：您好！（主題詞：也許是編輯的想當然）

我也覺得莫名其妙，也許這只是山東某出版社那個編輯的想當然吧。

書稿再過一星期即可改完，那時再寄交河南大學出版社，看他們的答覆。

永平上

wu yongping，您好！現在與毛時代不同，現在是讓你們自己觀風望影，自己嚇唬自己，更加可怕。附件說的就是這個。舒蕪上

（附件：劉曉波《禁書與出版壟斷》）

先生：您好！「出版壟斷」一文讀過，劉曉波看到一些大的問題，真正的內幕他或許沒有看到呢！意識形態的控制，這當然是上面的意思。此外，各出版社為了自保，也謹慎得有些過分。此外，還有各編輯的個人喜好問題。永平

2007-03-09 朋友介紹出版社

先生：您好！（主題詞：修訂完成）

今天可以完成書稿的修訂。大的方面未作改動，只改了一些錯字及過於贅疣的表述。然後再把書稿分為上下兩部，即可寄給河南大學出版社〔註 157〕。

永平上

先生：（主題詞：又一出版社）

北京朋友今日來電話，介紹人民文學出版社的 Huyuping 女士，說她對拙書稿有興趣〔註 158〕。我已去郵件，還未收到回信。

〔註157〕曾與河南大學出版社聯繫出版事，始終未簽出版合同。
〔註158〕也曾與人民文學出版社聯繫出版事，也未簽訂出版合同。

她的郵箱是 huyupingxx@sina.com

由於是電話聯繫，我未能聽清她的姓名是胡什麼，郵箱也不知是否完全準確。

永平上

先生：上封信中提到的人民文學出版社編輯是該社策劃部主任胡玉萍。
永平上

Wu yongping，您好！（主題詞：很理想）

人民文學出版社能出版，很理想。究竟名氣大些，而且比較有肩膀，能擔當。其人我不知道，策劃部主任的職務是能起作用的。望儘量爭取成功。
舒蕪上

先生：您好！已給她去信，在等待她的回音。稿子還未寄。我在網上查了一下，她曾是許多小說作品的責編。

爭取吧，但願有好的結果。

據北京朋友說，他向其介紹我這部書稿時，曾說書中寫了人民文學出版社的事。她表示說，只要不涉及到其中一些老人的矛盾，就沒有關係。我想，這部書稿對出版社內部的事情寫得很少，大概不會引起什麼顧慮吧。

永平上

wu yongping，您好！關於二編室獨立王國有一點，可以刪去。舒蕪上

wu，你好！我的口述自傳本來是人民文學出版社出，就因為二編室獨立王國事被毀約，臨時改到文化藝術出版社。舒蕪上

先生：胡尚未來信。我估計明天。

如她未來信，我可打電話找她談。如談得妥，

我會事先和她說清楚，將那幾段刪去。

請放心！我不會因小失大的。

永平上

wu yongping，您好！刪去不妨。舒蕪上

2007-03-13　聯繫出版事

先生：您好！（主題詞：有點希望）

　　我已將書稿寄人民文學出版社，因與胡玉萍郵箱不通，寄給另一編輯王培元轉，下面是他的覆信。

　　　　吳永平先生：你好！大作收到，匆匆瀏覽一過，受益匪淺。向
　　你致謝！已轉胡玉萍，很有價值，應該出版。王培元拜上
　　今天中午接到胡玉萍電話，她說已收到轉來的書稿，會馬上看。
　　永平上

wu yongping，您好！王培元與我很熟悉，1984 年畢業的北師大現代文學碩士，李何林的學生，人民文學出版社文化編輯室主任，是我的《周作人的是非功過》的責任編輯，尤其是極力促成了我的《紅樓說夢》在該社出版並擔任責任編輯。他自己最近著有《在朝內 166 號與前輩魂靈相遇》（人民文學出版社，2007 年 1 月 1 版），寫了馮雪峰、聶紺弩、林辰、蔣路、牛漢、舒蕪、韋君宜、秦兆陽、嚴文井、綠願、孟超、樓適夷、巴人十三個人。大作有他支持，大概相當有希望。我本來想找他打聽胡玉萍其人如何，電話沒有打通，現在我不必出面，更好。這是個可交的朋友，建議您以後可以與他多聯繫。舒蕪上

先生：您好！（主題詞：希望又大了一點）
　　下午又接到人文社胡玉萍電話，她徵詢我對稿酬的意見，看來她對這本書是有興趣的。我答覆說，給個中等的稿酬即可，沒有特殊要求。
　　她問我，是否把書稿寄給您看過。我說曾寄給您部分章節，修訂稿則未寄。
　　她說，已讀了朱正先生的序，她認識朱正先生，且很熟悉。
　　她還問，這本書出版後，胡風家屬會不會有很大反應。我說，大概會有一點反映，但不會太大，書稿仍承認他是馬克思主義文藝理論家，只是對他把文藝思想鬥爭過分政治化有點看法。此外，書稿對歷史問題只是展示，並未有過多的主觀性的評論。
　　如果您認為有必要，可與她通信或通話。您是歷史的在場者，她也許想通過您瞭解一下當時的情況及您對書稿的看法。
　　永平上

先生：（主題詞：希望）
　　其實您應該早點介紹我與王培元相識的，他是人文社「貓頭鷹叢書「的

主持人。而且，他是《中國現代文學研究叢刊》的編委之一。王向我要去《舒蕪撰〈論主觀〉始末考》的電子稿，評價不錯。

您可以與他聯繫，就說是我告訴您的，把書稿寄給他了，想聽聽他的意見。順便談談您對我這部書稿的看法。您看是否可以？

永平上

wu yongping，您好！

見教甚是。也許我太拘泥，總覺得在您這部書有關事情上，我儘量不出面為好。現在我就給他去信。舒蕪上

先生：您好！（主題詞：「不要避嫌」）

其實，大家都是挺尊重您的，您確實有點過慮了。編輯們並不太瞭解也不可能更深地瞭解我這個課題，他們急需找比較權威的人士給予評價，朱正先生的序就起了這樣的作用，您的意見也將起這樣的作用。

實際上，在書稿的寫作上，我並沒有完全聽取您的意見。是嗎？

其實，這事是無法避嫌的。您的書信去年底才發表，我的書稿年底就完成。編輯們一想就明白了。

永平上

2007-03-14

先生：您好！

《日記抄》將發表，這是一件大事。書稿中曾引用了部分，注為「未刊」，這下就可以改過來了。您與胡風的通信錄及日記抄相繼面世，也為我的書稿的出版創造了有利的氛圍。

永平上

wu yongping，您好！過去出版社沒有策劃處，現在顧名思義，該處大概有如總參謀處，給領導提供總的考慮，而不直接編發書稿。書稿編發大概還是要按專業歸到某個編輯室吧。舒蕪上

先生：您好！策劃部與出版室的關係應該如你所說的那樣。只是我覺得胡過去一直是審小說的，現在審文化類稿件，是否會覺得突然。

永平上

wu，你好！偶然找到舊存兩文，發上供參考。舒蕪上

（附件：余世存《把自己的歲月變成作品——寫在〈舒蕪口述自傳〉出版之際》和《在迷失和回歸之間——我眼中的舒蕪》）

2007-03-15

先生：

前幾年，曾在網上看過余世存的文章及他人與余世存爭鳴的文章，覺得他們都是在空談，「空對空」，意氣用事，所走的路子不足為道。後來，我也研究同一課題了，便決定按照自己的方法來做。

余世存的文章「在迷失和回歸之間」，早就讀過，當時覺得他的一些說法不無道理，只是沒有實證基礎，容易遭到別人的詰難。後來的情況果然如此，攻擊他的人很多，寫法也一樣，妄自從時代精神及當事人的心理分析入手，而作大論。

另一文章「把歲月變成作品」，是第一次讀。感到比較新鮮，尤其是對於20世紀上半葉「類人孩」的分析，不無新意。但寫法似仍無改變。其中對於「他和他那一代人」的輕視，有歷史虛無主義之嫌，而對「陳胡魯蔡」們的不屑談，其心態接近於上信中周林的「不耐煩」。他們對前兩代文化人缺乏同情，蓋因對當時的歷史狀況過於「隔膜」的緣故罷。

我也許比余世存要大一些，畢竟看到了反右、參加了文革、下過鄉、當過工人，知道時代潮流的厲害及個人意願的微不足道。因此在談論歷史時，便不敢那麼輕率。而且在某種程度上贊同聶老的見解「與時無忤有何哉」。

永平上

wu yongping，您好！空對空比較容易。從證據出發則是冷淡生涯，長甘於寂寞才耐得住，難矣哉。舒蕪上

先生：謝謝鼓勵。其實，我也並不認為只有我這一途是做學問的正途。余世存的方法也並不是無可取之處。只是，他們那樣的論爭是永遠沒有結果的，文章做得越多，雙方因意氣之爭而導致的間隙也就越大。因此，我覺得，最可行的辦法還是把基本事實弄清楚。譬如您和胡風的關係問題，「誰先利用書信」，「誰背叛誰」，與其爭論，不如陳述事實。

永平上

2007-03-18　《胡風家書補注》開筆

先生：（主題詞：胡風書信集補注之一）

　　寄上小文一篇，請閱示。永平上

　　（《胡風在「國民黨中央宣傳部國際宣傳處」任職情況考（1938～1940）》）〔註159〕

　　wu yongping，您好！補注拜讀，考證是需要的，於此益信。近作小文一篇，將在《魯迅研究月刊》發表，發上請教。舒蕪上

　　（附件：《哈迎飛書的序》）

　　先生：為哈迎飛作的序讀過，序中突出地寫出哈將佛學觀念引進周作人研究，這是非常準確的。哈的研究別開生面的根本，就在於她深研了佛學，這在她的第一本書中已表現得非常充分。別的年青研究者下不了這個工夫。

　　永平上

2007-03-19　補注之「創造社的暗箭」

wu：（主題詞：有附件）舒蕪上。

　　（舒蕪先生轉來哈迎飛的信。錄如下，吳注）

　　　　舒蕪先生：您好！

　　　　謝謝您轉告吳老師的意見！吳老師學問做得很好，很有見識，給我很多幫助。每想到自己雖在僻靜的地方做著寂寞的研究，卻能得到那麼多學界前輩和老師的關心和幫助，心裏常常十分感動和慚愧。謝謝先生！

　　　　祝先生身體健康，生活快樂！

　　　　哈迎飛敬上

　　　　3月19日

先生：您好！又草成一篇，請閱示。永平

　　（題為《「創造社的暗箭」》，摘其開頭兩段如下。吳注）

　　1938年7月18日胡風在致梅志的信中寫道：

　　　　「昨天看了郭沫若在《自由中國》上的一篇《抗戰與文化》，說是抗戰時期用不著高深理論和優秀作品，否則就有準漢奸的嫌疑

〔註159〕《胡風在「國際宣傳處」任職情況考》，載《江漢論壇》2009年第9期。

云。我氣得發抖，想不到會混蛋到這個地步！凡海主張來一次狠狠的批判。也許會鬧他媽的一鬧的。M‧M，我這樣安分的戰鬥法都會受到創造社的暗箭，你看這些傢伙底毒辣。」

該信收入曉風輯注的《胡風家書選》，載《新文學史料》2007年第1期。編者未對「創造社的暗箭」加注。

（下略）

2007-03-20　補注之「最可靠的朋友」

wu yongping，您好！「郭沒有反對提高」一小段，似乎不充分，或可刪。舒蕪上

先生：改了兩處，第一處是您指出的，改如下：

第一段基本是引述郭文，只是段首及段尾批駁的反對「在戰爭裏面提高文化」的論點，並不見於郭文，而是胡風的發揮和引申。第二段則是將郭文論點上升為「無條件反射論」，並解剖其與蔣介石愚民政策的相通之處。

郭沫若在《抗戰與文化問題》中沒有專門寫到「提高」的問題，這是事實。胡風在文中批評郭沫若只談「普及」，不談「提高」，這是正確的。但胡風在文中並非無意地將其與蔣介石的「愚民政策」掛上鈎，卻也似多餘。

結尾也改了，如下：

再說，老舍當年並沒有想當「設計委員」的主觀要求。當年10月19日他在致胡風信中這樣寫道：「事忙，文章寫不出，成績不佳，入款少（還是決不拿政府的錢），生活程度高，天氣壞，……重慶之惡劣為未曾見！〔1〕」聽信中的口氣，老舍似乎並不是第一次向胡風表白「決不拿政府的錢」。

〔1〕轉引自張桂興《老舍年譜》修訂本上第272頁。

永平上

wu yongping，您好！妥當了。舒蕪上

先生：（主題詞：又一篇）

再寄上草成的一篇。寫得有點雜亂，且作資料留存。永平上

（題為《「最可靠的朋友」》。引其開頭兩段如下，吳注）

1949 年 4 月 19 日胡風在致梅志的信中寫道：

「那些朋友們，應該就找關係參加實際工作，萬一有的現在不可能，局面改變後，就馬上找關係參加實際工作去。我想，柏山、雪葦等也許會先我到的，和他們商量，介紹去做點什麼實際工作。但只限我們底一些最可靠的朋友。不熟悉的人，不宜去保證。千萬不要指望我回來後會有什麼工作可做。」

「我關懷徐、梅、然、汸、馨、原幾個人。上面說的找關係參加實際工作，就指的是他們。」

該信收入曉風編《胡風家書選》，載《新文學史料》2007 年第 1 期，注文中說明：「徐」，即路翎；「梅」即阿壟；「然」即方然；「汸」即冀汸；「馨」即化鐵；「原」即綠原。

（下略）

2007-03-21　關於《小紅帽脫險記》

wu yongping，您好！長江日報，不是華中局（沒有這麼一個局），是中南局。綠原和曾卓的工作安排，好像不僅是地下武漢市委決定的，而是更高層決定的，地下市委無權調人進中南局的機關報。舒蕪上

先生：（主題詞：修改）

關於綠原解放初的經歷，直接引自他的回憶文章《胡風與我》，但有些情況沒有注明。他的原文如下：

1949 年 5 月，武漢和上海、南京先後解放了。朝思暮想的新時代終於來了。五月十六日上午，我隨著解放軍的先頭部隊，從諶家磯（我當時的住址）跑步進城，遇見中原局城工部武漢工委的王曉鳴同志，參加了他和一群青年當天組織的迎接解放的歡慶活動。幾天以後，原武漢地下市委把我調到中共中央華中局（原稱中原局，後稱中南局）機關報長江日報社工作。

拙文擬修改為：

在「最可靠的朋友」中，惟有武漢綠原的工作沒有讓胡風費一點心。解放前兩年，綠原從重慶回到故鄉武漢，與中共地下黨有聯繫。武漢解放後，原武漢市地下市委便把他調到華中局（原稱中原局，後稱中南局）機關報《長江日報》社工作。中南大區撤銷後，

被調到中宣部。

永平上

先生：（主題詞：又一篇）

今日又草成一篇。請閱示。永平上

（題為關於《小紅帽脫險記》，引其開頭兩段。吳注）

1949 年 9 月 17 日胡風致梅志信，寫道：

　　《小紅帽》，先給老李，他看了說「非常好」，但擔心會刺激起義的君子們。給總編輯看了，昨天他得到回話，說是「思想性」非常高，一個童話和當前政治結合得那樣緊，真是可佩云。但把起義的君子比作狗，有些耽心刺激人，決定交最高負責人北喬去看一看。老李傳達完了，叫我轉告你，他向你「致敬」。

　　那麼，如北喬不說「否」，就在《人民日報》上連刊了。改，我想不好改的，老李也說把狗改成別的也不像。如果黨報怕刺激人，那在《中國兒童》（半月刊）登是決無問題的。

該信收入曉風編《胡風家書選》，載《新文學史料》2007 年第 1 期，注文中說明：「《小紅帽》即梅志童話長詩《小紅帽脫險記》，後於 9 月 29 日起在《人民日報》連載」，「老李指李亞群，當時負責《人民日報》文藝部」，「北喬指胡喬木」。但未對「把起義的君子比作狗」一句加注。

（下略）

wu yongping，您好！童話詩我沒有讀過，發表首尾也毫無所知。「血腥」「屍臭」云云，是注意過的。當時我在感情上有同感，但又覺得不符合政策，認為文字上不該這麼說出來。舒蕪上

先生：您好！當年讀者的感覺大致與你差不多，路翎也是這看法。用那樣的語句來比擬參加政協會議的各階層代表人物是不妥的，尤其對於胡風這位黨外人士來說，這樣寫，似乎有點多餘。文中不加評論，也是考慮到了時代特點。

前天姚海天碰到胡玉萍，胡玉萍說他們很重視書稿，正在審閱。

永平上

先生：您好！（主題詞：又一篇）

將《七月》事抽出來，單獨寫了一篇。寄上請閱。

下午接到人文社胡玉萍信，稱：「因正在宣傳池莉、張煒等人新出版的小說，很忙，有些顧不過來，等等再說好嗎？」我已回信，說「書稿晚點看，沒有關係。這書稿就交給您們了，只要能趕在年底前出版就可以。如有可能，我還想聽聽您們的意見，作最後的修改」。永平上

（附件：《關於〈七月〉半月刊》）

2007-03-22　舒蕪談「最可靠的朋友」

wu yongping，您好！（主題詞：加了幾句）

《最可靠的朋友》，或可加一點補充：與有關舒蕪情況作一對比。舒蕪不在可靠朋友之列，不在文代會待解放區代表提名之列。舒蕪憑自己進入解放後領導層，與胡風全然無關。舒蕪對此還無所知，一解放還立刻寫信給胡，商量出處。胡解放後給舒蕪第一信，強調做好目前工作，放棄文藝也無妨，全是虛與委蛇，與關心「可靠朋友」完全不同。等等。舒蕪上

先生：《最可靠的朋友》有點敏感，涉及到上海的一批人，因此原來打算只是客觀地敘述，不對未列入的個人單獨述評。待會我再讀讀，如果能插得進去，就簡略地提提。永平上

先生：（主題詞：加了幾句）

《最可靠的朋友》修改如下：

這封信寫得頗有深意，胡風在江南的「那些朋友們」並不止上述六位，至少還有賈植芳、羅飛、朱谷懷、伍禾、黃若海、羅洛、歐陽莊、莊湧、耿庸等人，還有遠在廣西南寧的舒蕪，但他此時確認的「最可靠的朋友」卻並不包括他們，甚至也不包括信上剛寫到的「小刊」的編者歐陽莊，這當然不會是一時的疏漏。可為佐證的是，當年5月，胡風參加文協籌委會為「蔣管區」提名代表的會議，他只推舉了路翎、阿壟、綠原、方然、冀汸等5人，他們都在他的「最可靠的朋友」（化鐵從事文藝的資歷尚淺，不夠提名資格）名單之中。最令人不解的是，他竟未為廣西的舒蕪爭取一張文代會的入場券，舒蕪是曾為《希望》貢獻了七分之二稿件的作者，也是曾被郭沫若稱讚過的「批評方面的」理論家三代表之一〔1〕。這似乎可以證實，胡風此時已把舒蕪擯棄於「可靠的朋友」之外了。

〔1〕上世紀40年代後期，舒蕪實際已成為國統區較有影響的

文藝理論家之一。1947 年初郭沫若在《新繆司九神禮讚》中曾激情洋溢地贊道:「小說方面的駱賓基、路翎、郁茹……,誰個能夠否認?詩歌方面的馬凡陀、綠原、力揚……,誰個能夠否認?戲劇方面的夏衍、陳白塵、吳祖光……,誰個能夠否認?批評方面的楊晦、舒蕪、黃藥眠……,誰個能夠否認?這些有生力量特別強韌的朋友們,他們不僅不斷地在生產,而且所生產出來的成品是那樣堅強茁壯,經得著冰風電雨的鑢削。」

wu yongping,您好!同意。舒蕪

先生:(主題詞:查到綠原工作的新資料)

您關於綠原工作的提示有了結果,我查到了胡風幫忙的資料。改如下:

胡風也為武漢綠原的工作花了氣力。5 月 16 日武漢解放,5 月 19 日他得知中原局宣傳部長趙毅敏即將南下武漢,便託《人民日報》文藝副刊部的李亞群「把綠原事轉託」給趙。趙到武漢後,即把綠原調入華中局(原稱中原局,後稱中南局)機關報《長江日報》社工作。胡風且於當日給綠原去信通報此事。然而,綠原在回憶文章中卻沒有提到胡風的幫忙,他這樣寫道:「1949 年 5 月,武漢和上海、南京先後解放了。朝思暮想的新時代終於來了。五月十六日上午,我隨著解放軍的先頭部隊,從諶家磯(我當時的住址)跑步進城,遇見中原局城工部武漢工委的王曉鳴同志,參加了他和一群青年當天組織的迎接解放的歡慶活動。幾天以後,原武漢地下市委把我調到中共中央華中局機關報長江日報社工作。〔1〕」武漢地下市委似乎並沒有調人到華中局機關報的權利,當時握有機關報人事權的應是華中局宣傳部長趙毅敏。

〔1〕綠原《胡風與我》。

永平上

wu yongping,您好!胡託趙,近乎情理。綠原自己為什麼不說,奇怪。舒蕪上

先生:小文一篇請閱。永平

(附件:《關於梅志解放初的工作情況》)

2007-03-23 補注之「論文稿」

先生：（主題詞：小文一篇，請閱示，昨天也寄出一篇。）吳

（題為《信中說的是哪篇「論文稿」（1948）》，錄其起首數段。吳注）

胡風 1948 年 6 月 19 日致路翎信：

> 「論文稿，明後天寄上。如果北平刊用（大概刊用），我想《螞蟻》再下一期用，用轉載的形式。這一期，聲兄能寫一則，最好。這樣，氣氛上好些。對付他們，不能不穿甲胄的。改動處，一為小資產階級作家的分析，一則刪去黑格爾的話。黑氏的話，有可取處，但基本上是觀念論的，否定了作為主體的人，即階級性。我打算從這一點砍過去。其餘的，不過為了慎重而已。當然還有可以歪纏的地方，不過不要緊。」

該信被收入《胡風全集》第 9 卷，編者為「論文稿」加注云：「指胡風的論文《論現實主義的路》。」

吳按：該信中所說的「論文稿」是否就是胡風的《論現實主義的路》，尚有疑問。

（下略）

wu yongping，您好！文章沒有意見，只這句可以加兩個字：「路翎的這篇文章是以｛另一｝筆名「余林」發表的」。昨文均已回信。舒蕪上

先生：（主題詞：昨日覆函未收到）

昨天寄的文章，覆信未收到。「另一筆名」已改。永平上

永平上

wu yongping，您好！昨天哪篇文章沒有回信？舒蕪上

先生：（主題詞：昨日覆函）

是關於梅志工作的那篇小文。

永平上

wu yongping，您好！尊稿看來人民文學出版社會接受，何妨就動手改起來？舒蕪上

先生：您好！（主題詞：覆函）

人文社是否會接受，似不能樂觀。永平上

wu yongping，您好！且看吧。舒蕪上

2007-03-24　補注之《路》將成為「很大一件公案」

先生：又一小文，請閱示。永平

（文章題為《關於〈路〉將成為「很大一件公案」事》，錄其開頭兩段。吳注）

1949 年 4 月 19 日胡風給梅志去信，談到他的著作《論現實主義的路》（以下簡寫為《路》），寫道：

> 「《路》一百本，他走時尚未收到，但託人轉帶這裡。不知能否帶到。如帶到，大概要送掉一些。可能時，再寄二十本給我。這大概要成為很大一件公案，所以希望很快得到才好。雖然我也並不存得到公平的心。」

該信收入曉風編《胡風家書選》，載《新文學史料》2007 年第 1 期。編者注云，「《雲雀》為路翎的劇作，於 1948 年 11 月由胡風夫婦所辦的『希望社』出版」，「《路》即胡風為回答香港批判而寫的《論現實主義的路》，於胡風走後由梅志以『希望社』的名義出版」。但未對「公案」事加注。

（下略）

wu yongping，您好！《論現實主義的路》是一大公案，《論主觀》也是，兩個公案之間關係如何，恐怕今天讀者不太清楚。舒蕪上

wu yongping，您好！既然提到細節，大概採用前提是肯定的。舒蕪上

先生：（主題詞：開始改書稿）

書信集補注只能暫停了。從明天開始，修訂書稿，改到 40 萬字左右。刪改是個痛苦的事，「割肉」，儘管痛，也顧不得了。永平上

wu yongping，您好！刪是其次，重點是乾淨抹掉一切諷刺譏嘲痕跡。但是是非還是要清楚，是非與諷刺譏嘲不同。舒蕪上

先生：（主題詞：改書稿）

您說得對，諷刺譏嘲的痕跡都要抹去。永平上

2007-03-25　開始修訂書稿

先生：（主題詞：書稿）

開始修訂書稿，您的一篇文章《也曾坐擁書城》，我錄自網站，未詳載於何刊物，請示之。

永平

wu yongping，您好！載《開卷》（南京鳳凰臺飯店鳳凰俱樂部編輯出版）雜誌，和《我的書緣》（開卷叢書）。舒蕪上

先生：（主題詞：出處）

《坐擁書城》載於《開卷》哪年哪月第幾期。或收入《我的書緣》，某某出版社哪年出版。注文格式要求如此，沒有辦法。永平上

wu yongping，您好！刊不保存。書似尚未出。乞諒。舒蕪上

先生：（主題詞：《我的書緣》目錄和書影）

我查到您的文章已收入該書。吳

請點擊如下網址。

（略）

wu yongping，您好！收入了。舒蕪上

2007-03-29

wu，你好！數日未聯繫，修改如何？舒蕪上

先生：（主題詞：本週修改完成）

正埋頭修改。書稿格局未動，只稍微調整一下語氣，刪除重複的引文，把引文出處搞準確。打算刪去「結語」和「附錄」，只保留「關係年表」。大的修改，還要與編輯協商。

本週內修改完成。

永平上

wu yongping，您好！「結語」似乎保留為宜。舒蕪上

先生：您好！（主題詞：修改）

結語涉及到毛澤東和周恩來的關係，如果人文社有顧忌，就只得刪去。這一部分不作改動，放在那裡。聽憑他們取捨吧。

永平上

wu yongping，您好！或者只把毛周那小部分虛化淡化也可。舒蕪

先生：（主題詞：修改）

可以這樣改，我試試。永平上

2007-04-03　書稿改訖

wu yongping，您好！我覺得《代結語》不要刪為好。舒蕪上

先生：您好！（主題詞：修訂稿）

書稿中未刪「代結語」，我給王培元的信中也只是說說。「代結語」雖然談及高層鬥爭，但沒有這一部分，書稿是不完整的。我想，人文社編輯應該能看得出來。永平上

wu yongping，您好！完工了，問世在望了，總是可賀的。舒蕪上

先生：您好！（主題詞：稿）

但願事情沒有變化，書稿能順利地在人文社出版。如能這樣，先生和我近年來的辛苦才沒有白費，書稿的「社會效應」才能充分體現出來。

但，由於《隔膜與猜忌》的教訓，我的心裏總是不很踏實〔註160〕。

永平上

wu yongping，您好！既然已經進入編輯程序，問題一般不會太大。舒蕪上

2007-04-06　《歡樂頌》反響考

先生：您好！（主題詞：小稿一篇）

請讀讀附件中的文稿，看是否還有您所指出過的毛病。

今天中午我做了一個奇怪的夢，夢見參加了您90大壽的壽筵，和您說了許多話。

衷心祝福您健康長壽！永平上

（附件：《時間開始了——第一樂章：歡樂頌》反響考）

wu，您好！文章無意見，總印象似乎條理散漫些。謝謝您的美夢。舒

〔註160〕拙著《隔膜與猜忌：姚雪垠與胡風的世紀紛爭》，曾輾轉於數家出版社，多次被退稿。河南大學出版社，2006 年 10 月出版。

蕪上

　　先生：您好！因為不想表露自己的觀點，所以沒有構築出當年的歷史文化氛圍，只是事實的堆砌，於是便顯得散漫了。永平上

　　真是個好夢喲！

　　wu yongping，您好！問題在於事實需要有提要鉤玄，讀之乃不散漫。觀點可以表露，不妨用陳述語表露，而不用譏刺嘲諷語表露。尊意以為如何？舒蕪上

2007-04-07

　　先生：您說得極對。我試著改改。永平

　先生：您好！（主題詞：寄上修訂稿，請指正）

　　對文稿作了一些修改，敘述了前因後果，提出了自己的觀點，盡力避免諷刺的語氣，不知是否達到了目的。永平上

　　（修訂胡風《時間開始了——第一樂章：歡樂頌》反響考）

2007-04-08

　　wu yongpin，您好！尊稿上幾個小問題已經用紅筆標出，請酌。內容說了四個問題：一、對《時間》反映的焦灼希望，是要求得到高層的政治承認和壓倒文壇。二、對《紅帽》反映的滿足，是妥協於「政治加藝術」的理論。三、將《一團糟》拿出去，是妥協於「配合中心」的要求。四、自己作的長詩，違反了自己關於創作的理論。四者不同，結語沒有包括完整，文章題目也不足以包舉四方面的內容。對不對？舒蕪上

　先生：（主題詞：待認真讀後再作覆）

　　收到改稿，概括極準確，待認真讀過，下午作覆。
　　永平上

　　先生：改稿讀過。您概括得非常精當，您有一根金手指！
　　永平上

2007-04-09

　先生：您好！（主題詞：寫作情況）

　　昨天已寄出「歡樂頌」結語部分的修訂稿，想已收到。今天開始寫「聶

紺弩與《七月》雜誌」，可能要兩三天才能寫完。

　　永平上

2007-04-10

wu，你好！（主題詞：初稿請正）

　　剛才寫完初稿，請提示意見。舒蕪上

　　（附件：《紹良書話》序）

先生：（主題詞：意見）

　　讀過先生的「不為序」。意見如下：

　　一、「這方面，我作為《紅樓夢》的一個普通愛讀者，還勉強能夠討教一二。」

　　「愛讀者」固然是先生喜歡用的一個詞，但普通讀者會覺得不太習慣。

　　二、「紹良出身家世和少年所受教育完全正統，他的藏書卻顯示他走的完全是反正統的異端之路。」

　　所受教育正統可說，「出身家世」……「完全正統」，似乎不妥。

　　三、「昔日魯迅論道士教為中國文化的根底」。

　　魯迅先生 1918 年 8 月 20 日在《致許壽裳》的信中提出「中國根柢全在道教」。尊文中的「道士教」，或直稱「道教」為好。

　　我不懂亂說，幸勿見怪。

　　永平上

　　wu yongping，您好！見教極是。一、擬改為「我作為愛讀紅樓夢的一個普通讀者」。二、擬改為「紹良出身簪纓世家，少年所受教育完全正統」。三、擬直引原語。謝謝。舒蕪上

　　先生：先生太客氣了。永平上

2007-04-11

　　Wu yongping，您好！再請教。舒蕪上

　　（附件：《紹良書話》序的修訂稿）

　　先生：讀過「不為序」的修訂稿，對五四之於「傳統」與「正統」的關係有了新的理解，也體會到您所說的「從低處從廣處看」的妙處。聶與七月文還在寫。

永平

2007-04-12 《聶紺弩與〈七月〉的終刊》

先生：寄上《聶紺弩與〈七月〉的終刊》〔註161〕，請閱示。文章最後一部分曾寫入書稿，前面有一點新意。永平上

wu，您好！這些我全不知道，無意見。只陳守梅在軍令部是第二廳，不是第一廳。舒蕪上

先生：我在一份材料中看到陳守梅先後在一廳二廳任職，也許並不準確。照您所說的改過來。永平。

2007-04-15

wu，你好！中央黨史出版社最近出版《我所親歷的胡風案》，王文正口述，沈國凡採寫，4月13日《文匯讀書週報》摘有幾段，頗可觀。舒蕪上

2007-04-16 關於《七月》半月刊

Wu yongping，您好！（主題詞：文章定稿請教）舒蕪上
（附件：「《紹良書話》序」定稿）

先生：讀過「定稿」，原題為「《紹良書話》序」，現改為「異端學者的藏書話」，前四字過於打眼。大概是考慮到文末的「不為序」，又要突出內容中的「異端」，所以改的吧。

但我想，以「異端」加諸周紹良，未必妥當。而用以形容他的部分藏書，倒是貼切的。我意，改題為「《紹良書話》小識」類似的比較模糊的題名，比較好些。不知先生以為然否？

我又在寫關於《七月》的另一文章。

永平上

先生：（主題詞：小稿呈正）

王文正口述的書我已購得，並讀過。是有可觀之處，但他只是在上海方面負責，不瞭解全面的情況，這是個遺憾。

又寫了一篇小稿，呈上請正。是舊稿的改寫，從另一角度，並力求客觀。

〔註161〕該文載《新文學史料》2007年第3期。

永平上

（附件：關於《七月》半月刊）

Wu yongping，您好！我看是比較客觀了。這些事我當時一無所知，也不關心，以為文壇大家辦這些事都是小問題，非吾輩後生小子所能了知者也。舒蕪上

先生：（主題詞：小稿）

能得到「比較客觀」的評語，我就放心多了。

我正在理《七月》週刊的資料。想先把《七月》事弄完。

永平上

2007-04-18

先生：（主題詞：請教）

請教抗戰時期國統區的幣制。讀《聶紺弩先生年譜》，載《新文學史料》2003 年第 3 期。第 83 頁寫到聶 1942 年事，說「受到組織關照，幫助生活費每月 400 元」，寫到 1944 年事，說「掛名在文化運動委員會，每月領取 2000 元薪水」。不知 400 元相當於多少，2000 元又相當於多少，是否說的是一個幣制。

永平上

wu yongping，您好！當時實際購買力已經說不清楚，但法幣幣制始終沒有改變，只是物價狂長，44 年的 2000 元也許比 42 年的 400 元多不了多少。舒蕪上

先生：附件中是與你有關一篇文章，網上看到的。永平上

（寓真：六首愛情詩與聶紺弩的離婚逸事，載《黃河》2006 年第 6 期）

wu yongping，您好！此文已經見過，極其可笑。原手跡明明是我的字，與聶字相差太遠，而且那幾首詩我早已在《舒蕪集》裏發表過，他仍然要那麼說，只好由他。舒蕪上

先生：您好！兩信均收到，清楚了。謝謝。永平上

2007-04-21

wu yongping，您好！哈迎飛《半是儒家半釋家》已與出版社簽約，今年

九月前在《貓頭鷹學術叢書》中出版。尊作有消息否？舒蕪

先生：書稿寄人文社後，我還沒有問。胡女士原說忙過一陣再說，我也就不好意思催問。我想過了五一後再說吧。永平上

2007-04-24

先生：您好！昨天去省圖查資料，回來繼續寫關於《七月》週刊的小文章。

這篇文章寫完，《七月》的事就基本結束了，再接著寫其他方面的文章。
永平上

wu：《胡風家書》已出版。舒蕪

先生：

未見出版廣告，但已從《新文學史料》得知將出版。明天即去訂購一本。
永平上

2007-04-25　郵箱故障多日

2007-05-04　舒蕪談何其芳

舒蕪先生寄來《國際新聞自由日》《無國界記者在臺領獎》《新聞和出版自由的殺手》等網文。

先生：您好！寄來的三篇參考資料均收到。

昨天晚上買到《讀書》第 5 期，讀過回憶何其芳文。最大的感觸是何其芳在有些人眼中並不總是那麼「左」，他有可愛的一面，有自己的文學理想，聯想到抗戰後期及解放初期他與胡風的關係，我有點相信他並不是出於惡意。

在同書中，《葉德輝的兩位日本弟子》一文很有趣，不僅使我對近代楚地的文學傳統有所瞭解，也使我對鹽谷溫其人多了有了一些感性的認識。
永平上

wu yongping，您好！我注意的也是此文中的何其芳形象，與胡風派口中的「何其臭」的巨大反差。作者是呂劍之女，所以又反映了呂劍對何的好感，也是值得注意的。又雪峰也不喜歡何，他說「我們革命時不知他在哪裏」（據胡風轉述）。我與雪峰第一次見面，談到中國散文，我說散文有兩派，一是風花雪月派，一是草木蟲魚派，雪峰說「還有一派，男人裝女人派——何其芳」，

皆可見他對何的惡感。舒蕪上

2007-05-05　舒蕪談周、馮、胡

先生：您好！

胡風不喜歡何其芳，可以理解。馮雪峰不喜歡何，卻令人有點費解。何早年詩的感情比較纖弱，這是事實，到延安後寫的給少男少女的詩，格調並不如題目那樣「女」。也許從「革命資格」上進行考察，較之從藝術風格上進行更妥當一些。

馮與您談的內容，實在有趣。可惜您在回憶錄中沒有寫到。

永平上

wu yongping，您好！牽涉是非的，我都迴避。舒蕪上

wu yongping，您好！那天談話，雪峰的義烏話我許多沒有聽懂，聽懂的除了關於何其芳外，還有一句：「通俗化！你叫他們用秧歌體翻譯《資本論》看看！」牽涉更大的是非，也是我迴避了的。舒蕪上

先生：馮雪峰是性情中人，他有時說的話能一語中的。只是我不太清楚解放後他主持文藝報時的文藝觀念何以發生了那樣大的改變，但胡風說他是「三花臉」，似乎也不是是知人之言。永平上

wu yongping，您好！牛漢說：「別看周、馮、胡三個人打來打去，其實都是左聯出身，基本上有共同的左的東西，不過表現方式和時機不同罷了。」我以為不錯。舒蕪上

先生：牛漢說得太對了，他們都是一母同胞，骨子裏是一樣的。我曾設想，如果胡風當年出任《文藝報》主編，不知他要打誰，是否會與丁玲、馮雪峰有所區別。見牛漢此說，我似有所悟。

永平上

wu yongping，您好！三人又有區別：一是奴隸總管，一是幫派頭領，一是獨行英雄，可能是性格不同，也是地位不同。舒蕪上

先生：比喻很恰當，越品越覺有味。永平上

2007-05-07　談老舍的一篇小說

先生：您好！（主題詞：老舍文寫完）

關於老舍的文章終於寫完，花去了五一黃金週全部時間。

我不喜歡寫所謂的「學術論文」，那種八股腔讓人窒息，但為了交差，只能敷衍。

明天可以復歸胡風研究了。

這幾天閒下來的時候又讀過王文正的關於胡風的書，裏面錯誤太多了。

附件中是我寫的這篇八股文。

永平上

（附件：老舍短篇小說《一塊豬肝》解讀）〔註162〕

Wu yongping，您好！（主題詞：受教極多）

大作拜讀，受教極多。我從來不知道老舍出來主持文協籌備工作有那麼複雜背景，沒有注意過馮玉祥領導的圈子，學問真是無窮。但老舍這篇，藝術上實在拙劣，恐怕也是沒有人研究的原因，是不是？舒蕪上

先生：

老舍主持文協，確與馮玉祥有關，但大家都不提。那篇小說藝術上確無可談處，於是便略去了。

您說得對。其實，老舍小說中還有許多很難讀下去，只是大家也都不那麼說。

永平上

Wu yongping，您好！

以前看到馮玉祥和雪峰、胡風、葉聖陶等作家合照的照片，總有滑稽之感，覺得大概只是馮失意無聊憑著「丘八詩」混進來，文協也樂得拉他來起一點保護作用而已，讀大作方知事情複雜。舒蕪上

wu yongping，您好！拉出馮的人來抵制國民黨的人，策略高明。舒蕪上

wu yongping，您好！57年批判馮雪峰的一次小會上，老舍發言，原話記不清，話外微言有抱怨馮（雪峰）在抗戰時期對他主持文協的團結作用估計

〔註162〕後改題為《老舍短篇小說〈一塊豬肝〉新解》，載《江漢論壇》2008年第12期。

不夠之意。我覺得其中當有文章，得見尊論而得解。舒蕪上

　　先生：拉馮（玉祥）出來的人是周恩來和王明，當時馮非常猶豫，起初還不肯與周王單獨見面呢。自從馮出面後，文協才能有一些國民黨的高官進來捧場。

　　老舍當了文協的頭後，工作還算勤懇。解放後這成了他的心病，57年那次會上算是客氣的。他在另一場合還抱怨，說他在抗戰時期的職務相當於文聯主席，而現在只當個北京市文聯的頭。前幾年參加老舍研究會，他的兒子在會上也這樣說，說共產黨對不起老舍，回國後只給了一個小官。

　　永平上

2007-05-08　談老舍

　　wu yongping，您好！慚愧，這些事全不知道，還以為他對「人民藝術家」之類的安排很滿足哩。回顧起來，當年拉老舍出來可謂妙著。抗戰前老舍在山東大學教書，張道藩當教務長，同事關係大概不錯，至少知道他不是左翼，所以張也能接受。舒蕪上

先生：您好！

　　老舍出任中華文協的頭，與他當時的政治態度也有關係。抗戰初，他寫過多篇文章擁戴「蔣委員長」，擁戴「政府」。所以國民黨不會反對他。他在小說中反對「黨爭」，也是主要針對共產黨的。

　　抗戰前老舍在山東大學時，張道藩不知是否還在那裡。我得問問編寫《老舍年譜》的張桂興先生。

　　永平上

wu yongping，您好！（主題詞：老舍）

　　雖然研究作家一般不必研究他的政治傾向，但在國共兩黨尖銳鬥爭中，作家的政治傾向又非知道不可，否則其命運遭際、立身行事許多事都不能瞭解透徹。舒蕪上

先生：您好！（主題詞：老舍）

　　關於作家的政治傾向，過分強調是不太好。因此，我在寫老舍的這篇文章中，有些地方是帶過不提的。如老舍到武漢寫的第一篇文章《三個月來的濟南》就有對政府示好的明顯表現，文中有如下一段：

「在前幾年打內戰的時候，兵們只認識他們的長官，不知有中央政府與國家。這次，我常常聽到兵們談講委員長。我看見幾個傷兵要上火車，被憲兵阻住，他們不和憲兵說別的，只口口聲聲地說：『就是蔣委員長的小汽車也要給我們坐的！』其實呢，這幾位戰士是來自邊遠的省份，恐怕在離省以前還不知道戰場在哪裏呢，可是他們現在心中有了蔣委員長。還有一些傷兵告訴我說：假若他們一向受中央軍官的指揮，他們必定不會打了敗仗的。這種信任與擁護委員長的精神，哼，恐怕還不是一般人所能做到的。這種心理才是真正民族復興，精誠團結的好表現，暫時的失敗有什麼關係呢？」

左翼中人是不會寫這樣的話的。

老舍當年不甚懂政治，也不甚懂國共兩黨的情況，他這樣寫，我全當成好意來理解。為了怕引起讀者的誤解，因此在文章中只摘引了頭尾兩句。

永平上

wu yongping，您好！看來當時的中間偏右者，並非信仰國民黨，只是信仰政府，誰已經掌權就信仰誰，也可以說是成王敗寇思想，今天信仰政府者亦同。這是在朝者的優勢。舒蕪上

先生：有研究者把老舍這種心態說成是封建「子民」意識，雖然並無不妥，但我還是用了「現代國民」意識來概括。老舍畢竟是在西方生活過那麼多年的人，他接受的西方制度思想的影響應該比因襲的封建君民思想要大一些。

永平上

wu yongping，您好！「現代國民」很妥。舒蕪上

先生：（主題詞：正在改稿）

今天我在修改「胡風書信集補注」中的幾篇舊稿，想先投給刊物發表。

永平上

2007-05-09

先生：您好！

昨晚讀《紅樓夢》研究資料目錄，有您的三篇：

《兩百年前一對青年的悲劇——和青年同志們略談紅樓夢》，
《中國青年》1954 年第 23 期。

《紅樓夢故事環境的安排》，《光明日報》1955 年 2 月 6 日。

《林黛玉和薛寶釵》，《新中國婦女》1955 年第 2 期。

又，您在前信說「抗戰前老舍在山東大學教書，張道藩當教務長」，已問過一位老舍年譜編撰者，他說張不可能在山東大學當教務長。此事我還要查一下。

永平上

Wu：（主題詞：老舍）

記得張道藩是在山東大學當過教務長，學生要響應愛國救亡運動，他當時拿出國民黨中央委員身份來鎮壓的。舒蕪上

先生：查了有關資料，張道藩確實在山大當過教務長，但較早，是在 1930～1931 年間。學生為九一八事變鬧學潮，張事後便離開了。老舍那時還未來青島。

永平上

Wu：謝謝見告。剛才也發上一則材料，不過沒有明確他任職時間，現在明確了，謝謝。舒蕪上

（附件：「張道藩材料」）

Wu：（主題詞：近作請正）

近作小文一篇，將在七月份《隨筆》上發表，請指正。舒蕪上

（附件：《讓人家把話說完》）

Wu：（主題詞：「老舍出任文協領導人」）

今天《文匯報》11 版「書摘」摘錄《實話實說西花廳》中胡絜青語：「對舍予來說，在他的一生中，有兩個關鍵轉折是和周總理有密切關係的。一次是 1938 年醞釀成立抗戰文協時，究竟讓誰來當領導人，很費了些周折。最後經總理和馮玉祥先生商定，要舍予出來擔任。這件事幾乎決定了舍予此後的人生道路，按照他自己的說法，從此，他由一個單純的『寫家』變成了一個時代洪流中『盡職的小卒』。」未提王明，也許是政治迴避，也許的確主要是周的主意。舒蕪上

先生：（主題詞：老舍事）

胡絜青談 1938 年事，稱為老舍的轉折期，是準確的。當時王明是長江局的第一把手，他剛在延安與毛澤東鬧翻，來到武漢代中央發號施令，企圖搞獨立王國，後來遭到了嚴重的清算，周恩來後來在延安整風時也差點下不了臺。

我想，讓老舍出任中華文協的頭，主意的確是由周恩來拿的，但徵得了王明的同意。王明在武漢也幹過一些團結抗戰的好事，沒有他，武漢當時的救亡運動不會搞得那麼熱火朝天。現在大家都不談王明，也有政治迴避的意思。

永平上

Wu yongping，您好！（主題詞：王明）

我崇拜的理論家，先是王明，讀了《論持久戰》之後才崇拜毛，我在自傳中沒有迴避。舒蕪上

先生：（主題詞：關於《讓人家把話說完》）

上午收到的《讓人家把話說完》，其中關於毛澤東的話，沒有說明出處（時間、篇名）。

> 毛澤東以此為依據指出，我們黨內許多人其實就存在同俄國民粹派一樣的思想，「左」得要命，主張不要經過資本主義發展階段直接由封建經濟發展到社會主義經濟。這顯然不是布爾什維克的思想。「現在的中國是多了一個外國的帝國主義和一個本國的封建主義，而不是多了一個本國的資本主義，相反地，我們的資本主義是太少了。」

另外，如下一段有新意，似乎還沒有人這樣說過。

> 對於任何學說理論，首先都不要預定它是該批還是該保，一律加以客觀研究。如果它本來已經表達得很完整嚴密，它的話已經說完，但是你還沒有融會消化，仍然不能算說完。只有你認真融會消化之後，它才在你的理解裏面「把話說完」。如果它本來表達得還不那麼完整嚴密，就更要尋求它的內在邏輯聯繫，幫它「把話說完」，乃至替它「把話說完」。然後才談得上贊成或者反對。現在大家常說的「同情的理解」大概也就是這個意思。

永平上

先生：前兩年我在寫老舍《駱駝祥子》的研究文章時，曾讀過王明 30 年代初在《紅旗》當通訊員時寫的東西，內容是談 1929 年北平洋車夫的暴動，寫得確實不錯，我引用過。

您在口述自傳中寫過受過王明文風的影響，我讀到了的。

胡風對王明的態度很複雜，抗戰初期他沒當成三廳的專員，為此抱怨過王明，可他又發表王明的文章，說是「可以解除我破壞統一戰線的嫌疑」，卻又說王的文字很庸俗。到重慶後王明在一次魯迅紀念會上作發言，罵了潘公展，胡風又說「大快人心」。很是有意思。

但對王明在武漢長江局的工作，至今無人作全面的評價。

永平上

wu yongping，您好！謝謝。毛語出自《論聯合政府》，已補上。舒蕪上

2007-05-11

先生：您好！（主題詞：小稿一篇）

寄上一篇小文，關於《七月》週刊和《吶喊》週刊的。請指正。永平上

（附件：兼評《七月》和《吶喊》週刊）〔註 163〕

wu yongping，您好！所論極公。題目似乎可以不要「兼評」二字。通常是主要評個什麼，然後才「兼評」什麼。舒蕪上

先生：您好！（主題詞：一篇批評）

再寄一篇小文，是年初為北京傅光明新著寫的書評。據傅說，已在 4 月間的香港大公報上發表。永平上

（附件：期待、啟迪與震撼──讀傅光明《口述歷史下的老舍之死》）

wu yongping，您好！您「以知天命之年而『聞道』，多少有點悲涼的感覺。」我則以耄耋之年，悲涼又當如何？舒蕪上

2007-05-12

wu yongping，你好！近日又作小文，請正。舒蕪上

〔註 163〕 後改題為《〈七月〉週刊與〈吶喊〉（〈烽火〉）週刊合評》，載《江漢論壇》2007 年第 11 期。

（附件：《批評與自我批評》）

2007-05-13　「舒蕪致胡風函」發表後第一個反應

wu yongping，您好！（郵件主題詞：予欲無言）

《莊子・天下》：「以天下為沉淪，不可與莊語。」有附件。舒蕪上

（附件：《「舒蕪致胡風函」發表後第一個反應》。錄如下，吳注）

昨天接到《新文學史料》編輯部轉來一封信，來自成都蔟橋戌井家園 B
幢殷惟庸先生，全文如下——

> 舒蕪（即方管）先生：恭讀今年第三、四期「新文史」雜誌《致
> 胡風》，不刪減，不隱晦，泄私憤，辱罵一切，是不可取的，有違為
> 道德準則。先生曰：平原詩社是「禍國殃民」的。成都平原詩社是
> 一群求進步青年的組成，它既不是漢奸，也非賣友求榮，更非貪官
> 污吏，何能「禍國」？何來「殃民」？早逝者如蘆甸、方然同志，
> 先生盡知；即張孟恢、徐志明、繆恒蘇等人，亦是尋常百姓，並不
> 是作惡多端，不可寬容的人，先生何以語此耶？

> 我已是髦耋老人，（今年八十有五矣）多病纏身，行動、握筆
> 困難，有感於先生「洋」文（洋洋灑灑的洋文）寫此短信，以此抒
> 懷也。

> （另在先生文中，對昔日女友亦不無疵語，更是詬病。注：聞
> 曾君亦辭世矣。）

> 殷惟庸頓首　五月七日

此信是我整理注釋的《舒蕪致胡風函》發表後接到的第一個反應，我注
意到四點：第一，殷先生似乎把我六十多年前寫的信誤會成現在寫的文字，
似乎我現在還在辱罵誰誰誰，還要發表辱罵的文字。第二，他似乎不瞭解發
表史料與現在發表文字的區別。凡是形成史料的東西，已經是歷史的客觀的
存在，現在重新發表只能完全依照原樣，作者本人也無權作任何一字一句一
標點改動。第三，他似乎沒有弄清《新文學史料》雜誌的性質，信中和信封上
都把編輯部簡稱為「新文史雜誌」，單缺少一個「料」字，（《新文學史料》編
輯部自己的簡稱則是「史料」二字，）一字之差，可就大差其遠了。第四，他
似乎沒有弄清那是當年一封一封信，雖然現在合編一起，也不能稱為「洋洋
灑灑的洋文」。

　　還有，《舒蕪致胡風函》是發表在去年《新文學史料》第三、四期，而殷先生信說是今年，也不知什麼緣故，難道他今年才看到，又把年份誤看了嗎？

　　殷先生與我同齡，看來他和當日平原詩社的人也頗有聯繫，現在還關心文史界的事，可是我們的距離卻這樣大，天下許多事真是難以逆料。

　　二〇〇七年五月十三日，在北京。

先生：（主題詞：小意見）

　　讀過大作（注：《批評與自我批評》），覺得很酸楚。

　　有兩點小意見：

　　一、以常用署名公開發表文字的權利就還沒有恢復，還得爭取。「常用署名」有點生僻，不如改作「常用的筆名」為好。

　　二、我這樣一講，大家也就沒有好多話說，稍稍談了一陣結束。

　　「談了一陣」，改為「批了一陣」比較貼切。

　　二、1957 年我作為「右派」已經在本單位挨過多次批判之後，舉行過一次在京幾個中央級出版社聯合批判我的大會……

　　後半句似可改為「在京幾個中央級出版社舉行過一次聯合批判我的大會……」，這樣，與上句主語「我」有所區分。

　　永平上

wu yongping，您好！三條都對，接受，謝謝。舒蕪上

先生：您好！成都殷某的信寫得甚是可笑，我想《新文學史料》是不會理他的，也可能不會發你的這篇小文。

　　關於「平原詩社」事，我在「書信考」中曾提及，這不是當年您一個人的看法，阿壠、路翎的意見都相同，而且是在那麼一個特殊的背景下（張瑞事），是可以理解的。

　　永平上

wu yongping，您好！（主題詞：無言）

　　我只是自己寫下備忘，沒有打算投稿。《新文學史料》也只是原信不拆封照轉來，並無理睬之意。請您看看，是看看天下「不可與莊語」到什麼程度。舒蕪上

先生：您好！殷先生信中說寫信目的是為了「抒懷」，且讓他「抒」去，是不必回信的。

他對平原詩社的事情有所瞭解，但對阿壟等對平原詩社的態度卻沒有耳聞過，仍只算個局外人。永平上

wu yongping，您好！我也並未想回他信。我說「不可與莊語」，不是要和他怎麼「語」，而是說似乎「天下」皆不可與莊語，領略到莊周之深心。舒蕪上

2007-05-15　談出版事

先生：您好！剛才接到《新文學史料》郭娟電話，她說收到我的稿件《聶紺弩與〈七月〉的終刊及其他》，很感興趣，想在第 3 期或第 4 期發表。並說正碰上王培元，王告訴她，我的一本書稿在他們出版社裏。

這樣，我就不用再問王培元書稿處理結果了，等待比催問要好些。

永平上

wu yongping，您好！朱正先生說，他看到王培元先生，王還在顧慮胡家家屬對此書會不會有意見。看來這還是他一直顧慮的問題。舒蕪上

先生：您好！看來，人文社顧慮最多的問題也許就是胡風家屬的反應。這個問題我們自己無法解決，就讓他們去考慮吧。書稿的基調是無法修改了，我也不能改。完全是憑史料說話，從何改起？！

還是您說得對，先在《新文學史料》上發幾篇文章，造成一定的輿論後，他們的膽子也許會大一點。

永平上

2007-05-17　聶紺弩《論申公豹》

先生：（主題詞：草成一稿）

花了幾天工夫，草成一篇，內容關於聶紺弩的兩篇論申公豹文與胡風的關係，其中有些觀點頗出乎研究者的意料，如發表，恐怕有人會很不高興。非常希望能聽到您的意見。永平上

（附件：聶紺弩《論申公豹》和《再論申公豹》及其他）〔註164〕

〔註164〕該文後載於《重慶師範大學學報》2012 年第 3 期。

　　wu yongping，您好！尊作於文學史極有關係，我也一直以為是指蔣，見他交代才明白。提不出什麼意見，只有兩點小疑問。舒蕪上

　　第一處疑問：抗戰時期，聶紺弩與胡風鬧過好幾次矛盾，較大的一次發生在 1941 年。皖南事變後，胡風奉命（舒蕪先生批註：不能說是「命」，大概可說「安排」「動員」。）撤往香港，臨行前將繼續編輯出版《七月》的事務委託給聶紺弩，

　　第二處疑問：至於對毛澤東的「延座講話」，胡風從未提出過異議，他只是對「『欽差大臣』何其芳」〔註165〕宣講有所不滿，並認為延安（周恩來）不應派他來。（舒蕪先生批註：胡對周恩來是尊重的，如果知道何、劉乃恩來所約，態度應友好些。是不是以為乃周揚所派呢？）

　　Wu yongping，您好！（主題詞：耳目作用）

　　劉、何來重慶，除了喉舌作用，還有耳目作用。53 年胡風文藝思想討論會上周揚總結說：「當時對毛文藝思想，郭、茅是擁護的，儘管擁護得淺薄，而你是反對的。」這個估計應該是劉、何回去彙報的。舒蕪上

　　先生：您好！兩處疑問我都看過，可以修改。胡去香港，是周動員的，不能說是奉命；劉、何來重慶，胡風當然不會知道是周恩來選派的。何來重慶的使命有二，其一是宣講，其二是收集國統區文藝運動的信息。文中未寫，是為了避免節外生枝。何把胡風的態度反映到延安後，周恩來曾在延安作報告說胡風對《講話》有意見（據黎辛文）〔註166〕。永平上

2007-05-18　談胡風對「延座講話」的態度

wu yongping，您好！（主題詞：私房話）

　　胡給我的信中說「馬褂」要談，似乎要談出他的「私房話」。這是不是要補注？如要補注，則耳目作用難以迴避。因為已經覺得他對毛文藝思想有意見，所以才要談出「私房話」也。舒蕪上

　　先生：您好！胡風與何其芳談話內容未見於任何文字資料，而胡一直表示對「講話」無意見，只是認為何講得不好，不應把「講話」抬得那麼高。胡風說要談出「私房話」，是針對何的猜疑。補注有難度，昨天我重讀《新文學

〔註165〕《胡風全集》第 6 卷，第 712 頁。
〔註166〕黎辛：《關於「胡風反革命集團」案件》，載《新文學史料》2001 年第 2 期。

史料》2003 年第 2 期上曉風整理的《胡風訪談錄》，其中談的就是胡風、馮雪峰對「講話」的態度，當事人的回憶都不一樣，非常矛盾。馮對「講話」中的政治性、藝術性有意見，這是大家都知道的，而胡風對「講話」的真心想法，卻藏得很深。

永平上

先生：（主題詞：修改）

昨天的文章已進行了修改，還在如下一段裏「附帶提一句」，補充聶紺弩在重慶時與何其芳的組織關係。

> 至此，《論申公豹》留下的那個懸念已完全解開。聶紺弩當年譏諷胡風，立論的基點只在於質疑胡風對延安文藝特使何其芳、劉白羽的態度，即「因為自己沒有得到『封神』的使命，心懷嫉妒，在路上與奉得了使命的姜子牙為難」，並不涉及「封神」（「延座講話」）本身的是非。《再論申公豹》更深入了一層，不僅對胡風何以如此的心理進行了挖掘，而且讚揚了「他們的老師」（周恩來）在這個重大問題（選派「延座講話」的宣講人）上的知人善任。附帶提一句，當年胡風也許不知道何其芳、劉白羽是周恩來選派來重慶的，但聶紺弩應該知道，1945 年底周恩來指定何其芳為聶的「個別聯繫」人，這種組織關係一直持續到何其芳返回延安〔1〕。
>
> 〔1〕《聶紺弩全集》第 10 卷，第 27 頁。

wu yongping，您好！加這「附帶」一句就清楚了。舒蕪上

先生：（主題詞：修改）

又改了這段的最後一句。永平上

> 至此，《論申公豹》留下的那個懸念已完全解開。聶紺弩當年譏諷胡風，立論的基點只在於質疑胡風對延安文藝特使何其芳、劉白羽的態度，即「因為自己沒有得到『封神』的使命，心懷嫉妒，在路上與奉得了使命的姜子牙為難」，並未深究誰堪當「封神」大任的問題。

wu yongping，您好！清楚。舒蕪上

wu yongping，你好！（主題詞：有何看法？）方管

（附件：《殘雪批文壇大腕退化　王蒙王安憶等榜上有名》）

　　先生：您好！寄來殘雪批評當代文學的報導讀了，沒有什麼特別的看法。殘雪的小說 80 年代曾有過影響，後來似乎消失了。格非的小說也大抵如是。至於當代文學的問題是否與不學習西方有關，這倒是個新問題。

　　西方文學早已商業化，社會上對文學並沒有什麼大的興趣，我在法國時就感受到文學只是個別愛好者的東西，人們的業餘時間都被快餐式的媒體文化佔領了，生存的艱難也沒有給一般人以讀文學作品的餘暇。

　　文學不過多地為社會所重視，不產生轟動效應，應視為正常的現象，是文學回歸自身的標誌。

　　永平上

　　wu yongping，您好！高見甚是，整個文學在社會上的地位是如尊論。但論文學本身，殘雪所指謫的現象也確實存在，不過她開的藥方——全面學習西方卻不是辦法。她自己是那樣做的，並未見成功。或者原因別有所在。也許，文藝界現狀雖然微觀地看來令人不滿，宏觀地看也不足奇怪，出大師的時機還沒有到吧。舒蕪上

　　先生：您好！文藝界現狀難以令人滿意，看來原因有很多。政治上的框框，題材的限制，藝術家的能力，媚俗傾向，出版界的炒作，整個文學氛圍，唉，說不清！我自己是搞文學研究的，但新雜誌拿在手裏，就是讀不下去。80 年代還讀過幾部當代的長篇小說，90 年代讀的就很少了，轉而看報告文學，新世紀簡直就不讀小說了，而寧願讀紀實性的、口述實錄的作品。

　　您說出大師的時機還沒到，我有同感。那些有可能成為大師的作家近年來不知幹什麼去了，王蒙前兩年有幾篇談漢語的文章比他的小說好看，劉心武鑽到紅樓夢研究中出不來，陳建功當文學館長去了，山西陝西的幾位作家以為越土越好，湖北的幾位作家不惜以小市民自居，上海的作家沉醉於描寫「最後的貴族」，廣東沒有作家，海南只有商人。有幾個「痞子作家」和「青春作家」雖賣得不錯，看來也成不了氣候。

　　亂寫一通，發發牢騷而已。

　　永平上

　　wu yongping，您好！完全同感。久已不讀小說，只願看散文、議論、記

事、回憶、傳記等等非虛構的東西，但雜文也不看了。舒蕪上

Wu yongping，您好！（主題詞：參考材料）舒蕪上
　　（附件：高華《行走在歷史的河流——代自序》）

2007-05-19
先生：（主題詞：讀過參考材料）
　　讀過高華文章。我的經歷與他類似，也是過渡時期的過渡人，讀的書也基本上與他相同，治學方法也基本相同。我們這代人有些尷尬，也如高華所說，前有一大批無法企及的哲人，後有一大群新思潮陶冶出來的後輩。要想做點學問，非下苦功不可。
　　昨晚讀到《隨筆》最近一期，上有陳思和為《胡風家書》作的序，裏面摘引了幾封他認為很重要的信，其中有一信是 1938 年初寫的，說是潘漢年讓他放棄《七月》到晉西北去。這對理解他為何在另一信中說「創造社」如何迫害他，極有啟示作用。我已在書店登記買這書，不知為何書還未到。在看到這本書之前，我的補注可能要放慢腳步。據說，這書中收了 300 餘封信。應該有很大的參考價值。
　　永平上

　　wu yongping，您好！您和高已經作出這一代的成績，後之視今亦猶今之視昔，倒是我這樣人基本上屬於過去式了。舒蕪上

先生：（主題詞：一點想法）
　　您太過謙，後人如我等都恨未能生在您那個時代呢！
　　胡風問題的樞機，這幾天我總在想，大概與兩個因素脫不了關係：一是政治上的歸宿感，胡風一生追隨中共，雖然想保持一點思想的獨立性（包括不主動要求入黨，及中共也不提出讓他入黨），這大的方面決定了他不能像沈從文、巴金等那樣超然；二是經濟上的依賴性，胡風前半生的文學工作都依仗著中共的資金支持，《七月》半月刊時期得八辦支持（這一點尚有疑問），《七月》月刊和《希望》時期得周恩來支持，文工會專任委員，流亡香港及在桂林時拿中共的錢，等等，這決定了他不能如茅盾那樣進退自如（胡風因此說茅盾是資本家的代理人）。他曾一度想在經濟上獨立，包括辦出版社的努力。解放後，他在職位上挑挑揀揀，內心裏還是有著依靠的，他把梅志留在

上海，保留希望社，讓梅出頭編刊物，都是留後路。社會主義改造運動一起，這點希望也落了空。後來再想接受單位，就比較困難了。

這只是我的一點想法，尚不能形成文字。

永平上

wu yongping，您好！從經濟生活來研究，是一條可走的路。陳明遠已經開頭。《書屋》五月號有丁輝《「謀道」與「謀食」》，看見否？舒蕪上

舒蕪先生寄來《中共早期言論》《柳斌杰新官上任一把火》等網文。

先生：讀《中共早期言論》，有一個啟發。這就是當年您寫《論主觀》的歷史環境。您相信了這些紙面上的東西，一發揮，別人就不願意了。永平上

wu yongping，您好！當年何止我相信，國統區大部分知識分子都相信。這些是紙面上的，但這個紙面正是傾聽真理聲音的唯一窗口，豈有不信之理？舒蕪上

2007-05-23　補注之「編輯聯絡站」

先生：您好！寄上小稿一篇請正。永平上

（文章題為《「編輯聯絡站」》，錄起首兩段。吳注）

1941 年 8 月 13 日胡風在致路翎信中寫道：

> 我現在著手在全國組織七八個編輯聯絡站，每一站算一個中心，每個站，自動地按期寄稿來，並積極在青年朋友裏面去發現新的作者。……重慶方面，大概有三個站。你們是一個，由你、守梅、何、張元松組成。這不一定要有集合的形式，彼此經常通信催促討論就可以的。我太忙，應付不來，所以每個站要不等我催促也經常來信，經常來稿，把對於我個人的友誼化為對於工作的關心。

該信收入《胡風全集》第 9 卷，編者未對「編輯聯絡站」一事加注。

（下略）

舒蕪先生寄來對《「編輯聯絡站」》的批註：

（第一處）胡風寫此信時身居香港。1941 年 1 月皖南事變後，中共南方局組織一批進步文化人撤離重慶，以示對國民黨的抗議。（舒蕪批註：也是為了他們的安全吧？）

（第二處）蘇皖滬方面也應有個站，彭柏山堪當其任。然而，「皖南事變」

發生後，胡風已與彭斷了聯繫。不過，此時梅志已返回上海，（舒蕪批註：皖南事變後，梅志與胡風全家去港，梅志並未先回上海。）且與海燕書店俞鴻模恢復了聯繫。

（第三處）這是一幅多麼美好的遠景呀！（舒蕪批註：似有譏諷之意。）

（第四處）此說雖不無道理，但當胡風也身居香港並籌劃創辦刊物時，他便遇上了與茅盾當初面臨的同樣的困難，他的建立「編輯聯絡站」的全套構想實際上是從茅盾抗戰初期提出的「通信點」或「通訊站」脫胎而來的。（舒蕪批註：不同的是茅要聯絡左翼作家，自居核心，胡著重發現新人，開宗立派。）

舒蕪先生又寄來對《「創造社的暗箭」》的批註：

（第一處）郭沫若的《抗戰與文化問題》載 1938 年 6 月 20 日《自由中國》第 3 號，其主旨是批判當時流行的鄙薄抗戰理論宣傳「簡單」及抗戰文藝「差不多」的言論，主張「一切文化活動都集中在抗戰這一點上，集中在於抗戰有益這一點上，集中在迅速地並普遍地動員大眾的這一點上」，倡導文化活動應「充分的大眾化，充分地通俗化，充分地產出多量的成果」。文章為抗戰初期方興未艾的大眾化文化救亡運動起了積極的推波助瀾作用。（舒蕪批註：對郭的這個主張似不必肯定，只要辯明其本意不是對胡是「暗箭」就夠了。

（第二處）至於胡風信中對「創造社」企圖逼死《七月》以實現「統治文壇的夢」的猜測，也似乎沒有什麼道理（舒蕪批註：根據？）。

2007-05-26　補注之「《七月》同人，大家側目而視」

先生：（主題詞：小稿一篇）

寄上小稿一篇，仍是書信集補注。文章內容談到當年紀念魯迅逝世週年活動事，胡風對中共不甚支持有意見。但我沒有明確地點出。永平上

（文章題為「《七月》同人，大家側目而視」，引其開頭兩段。吳注）

1937 年 10 月 19 日彭柏山在致胡風的信中寫道：

> 「你們在漢口辦的刊物怎麼樣？……你說《七月》同人，大家側目而視，那話是沒有根據的。我們還要站在什麼地方，人才正視我們呢？總之，我們埋著頭走我們自己的路。」

該信收入《彭柏山書簡》，其中「《七月》同人，大家側目而視」是引述胡

風來信中的一句話。

（下略）

舒蕪先生寄來對這篇文章的批註：

（第一處）他在為刊物辦理登記證時受過刁難，「在上海就寫信給熊子民，讓他試用《戰火文藝》的名字在國民黨市政府登記。但到武漢後，這個登記已被國民黨市黨部批駁了。」於是，他「就正面用《七月》的名字再登記」，很快得到了批准。從再登記到籌稿、排版、印刷、出刊，只有半個月時間，即使在今天看來也堪稱神速。（舒蕪批註：為什麼那個被批駁，這個神速被批准呢？要不要點明一下？）

（第二處）胡風曾在回憶錄中敘述了武漢紀念會的基本情況，寫道：「……不用說，紀念會的內容是遠遠不足以表現魯迅的偉大精神和這個終於實現了的神聖的民族戰爭的深刻聯繫的。（略，吳注）」看來，胡風的抱怨與他在籌辦武漢魯迅逝世週年紀念會過程中所受的刺激有關。（舒蕪批註：單憑回憶錄一段引文，與題目「側目而視」扣不緊。這樣嘎然而止，似乎稍欠。是否加幾句把「刺激」展開一點？）

wu yongping，您好！第二處，所引回憶錄只能說是「消極的以至迴避的態度」，還是不足以說明「側目而視」指誰，二者程度大不同。舒蕪上

先生：您好！（主題詞：意見讀後）

意見讀過，修改如下：

第一處：但，他在為刊物辦理登記證時受過刁難，「在上海就寫信給熊子民，讓他試用《戰火文藝》的名字在國民黨市政府登記。但到武漢後，這個登記已被國民黨市黨部批駁了。」於是，他「就正面用《七月》的名字再登記」，很快得到了批准。從再登記到籌稿、排版、印刷、出刊，只有半個月時間，即使在今天看來也堪稱神速。兩次登記的結果完全不同，個中原因說來也簡單：隨著統一戰線形勢的發展及民眾的強烈要求，當局對救亡文化運動的態度在悄悄地發生變化。

第二處：看來，胡風在籌辦武漢魯迅逝世週年紀念會的過程中受過一些刺激：當時，漢口「八路軍辦事處」正在籌辦，中共長江局尚未設立，《新華日報》還未創刊，具有抗日民族統一戰線性質的武漢救亡運動未進入高潮期。胡風對政黨無暇顧及魯迅紀念活動及各界「頭面人物」覺得魯迅太「紅」而

取「消極的以至迴避的態度」的現象不無微辭，認為他們沒有看到魯迅精神與「神聖的民族戰爭」的深刻聯繫。胡風等「《七月》同人」在自發地組織紀念活動過程中遭到某些人的「側目而視」，這是很有可能的。

　　永平上

　　先生：關於「側目而視」，實在找不出理由胡風為何要這麼說。武漢文壇中人並沒有讀到《七月》週刊，即使讀到，影響也有限，況且刊物中並沒有犯忌的內容；他寫信時《七月》半月刊還未出版，七月同人在武漢也沒幾個人，根本談不上有誰「側目而視」他們。

　　我想，這是胡風故意激起同人的敵愾之心的慣用方法罷。

　　永平上

　　wu yongping，您好！那麼，作為補注，這一條似乎證據不足，沒有注釋出來。舒蕪上

　　先生：您好！那就暫時放在電腦裏，作為資料保存好了。等看過《胡風家書》後，可能會有一些新材料。永平上

　　wu yongping，您好！這樣好。舒蕪上

　　先生：我已託復旦的朋友買到《胡風家書》，說已寄出，下星期定能收到。永平上

2007-05-27　談《胡風家書》相關事

　　wu yongping，您好！胡信是值得細讀，但不知整理者忠實程度如何。舒蕪上

先生：您好！

　　《胡風家書》作過一些技術處理，大概把一些敏感的人事刪去了。我這是讀陳思和的序知道的，陳也希望以後能出版全璧。

　　永平上

　　wu yongping，您好！敏感的既然刪去，還有多大價值？舒蕪上

　　先生：我估計她刪去的只是人名及對事件的具體評價。有些東西是可以考證出來的。書還未收到，看了再說。永平上

wu yongping，您好！說不定「側目而視」那裡有線索。舒蕪上

先生：是的。1938 年梅志去胡風老家蘄春避難，胡風與她書信頻繁，信中可能談到他在武漢的一些情況。永平上

wu yongping，您好！想到胡與梅志戀愛故事，關係到胡與夏衍《上海屋簷下》的恩怨，您知道麼？舒蕪上

先生：我對此事一無所知，願聞其詳。永平上

wu yongping，您好！1952 年張天翼告我，大概是，屠梅志原是鍾乾九的女友。鍾入獄，託朋友張光人（胡風）照顧。鍾出獄，發現屠與張光人已經成家，乃告別而去。夏衍《上海屋簷下》中利用了這個故事，是乃胡與夏結怨的根本原因。鍾乾九出版過什麼翻譯，1952 年天翼說此故事時，說他尚在中國科學院工作。這本是隱私之類，我從未向人擴散，您是專門研究，情況不同，故為兄言之。舒蕪上

先生：在梅志的《胡風傳》中，她曾對此事作過解釋，可見此事並不是空穴來風。讀過《上海屋簷下》，但記不起其中的人物關係，還要再找來看看。永平上

錄《胡風傳》兩段如下：

（一）這時，韓起正在南京，已和董曼尼結了婚，來信希望光人能在回東京前在南京停留幾天。光人便到了南京，住在韓起家，離中央大學不遠。經韓起介紹，認識了已出版了幾本書的小說家張天翼。張這時還在某政府機關任職，晚上有空時便來韓起家一起談天。他們辦了一個小刊物《幼稚》，有中大的學生參加。在韓起家，他又見到了在九江幫他買汽車票上廬山的鍾潛九。鍾現在是中央大學的學生，和同學涂石亭的妹妹結了婚，還送給光人一張結婚照。

（二）鍾潛九從蘇州監獄出來了，歐陽山領他到谷非家。這是不合組織原則的，同時也不合朋友的交情。歐陽山只得說，「他要我帶來嘛。」鍾潛九來到這裡，是別有用心的。其實，屠對他並無任何承諾，和他僅僅是幼時的朋友，何況鍾在南京早已結了婚，屠與他已斷了來往。後來在上海再見，由他介紹參加了左聯，她是以對

長者帶路人的態度對待他的。他被捕，她也是為了營救和幫助革命同志而盡力幫助了他，可並沒有更深一層的關係。他憑自己的錯覺，認為是谷非搶走了自己的女友（後來就有這種傳言），真是太荒唐了。但谷非還是設法幫助他，不但要屠取出些他已穿得嫌小的西裝送給鍾，還為鍾在獄中譯出的《三人》，各處去奔波找出版的地方。後來通過陳彬和將這書由商務印書館出版，說好每千字三元。但鍾後來卻告訴別人說是由於蔡元培的關係才能出書，那就搞不清楚了。至少谷非對他是盡了朋友的責任。

wu yongping，您好！當年事實真相如何，已經難考，但《上海屋簷下》有這麼一個類似情節的故事，因而為胡、屠所恨，則是事實。另，以前我介紹過張瑞之妹張瑜（蘇予）的情況，近又見一材料，附上。舒蕪上

關於蘇予的材料：我所記的四位老師，蘇予老師是唯一的女性。⋯⋯她姐姐是胡風集團中堅分子阿壟的妻子，她為此吃了不少掛落，是被（北京市委）宣傳部清洗出來下放到（北京市）六中改造的。她的處境也是被監視中。⋯⋯蘇老師從《十月》（雜誌總編輯）退休後，我和她便失去了聯繫。先生在掌《十月》圭臬時，發表了許多有分量的文章，輿論甚佳，我為有這樣的老師而驕傲。（張永和《幾位中學老師的深恩》，載北京市朝陽區文化館主辦《芳草地》2007 年第 2 期）

先生：您好！您提供的這些資料都很有意思，待我慢慢地研究吧。下午四點又要出門開會，當地文藝團體的會議，要開兩天。永平上

wu yongping，您好！蘇予主編《十月》時，她在該刊上發表過一篇長文，詳細記述了她姐姐之死，對於我們為什麼那麼憎惡平原詩社，很可貢參考。舒蕪上

先生：您好！蘇予的長文我還沒有找到，去年您就告訴過這條線索，下次我再去圖書館翻翻〔註 167〕。永平上

2007-05-30　談《上海屋簷下》

先生：您好！會開完了。明天可以開始正常寫作。

〔註 167〕筆者後來查到：蘇予《藍色的毋忘我花》，載《隨筆》1989 年第 4 期。

在網上找到《上海屋簷下》，讀了。

裏面有三位角色：

林誌成——三十六歲。

楊彩玉——其妻，三十二歲。

匡復——彩玉的前夫，三十四歲。

匡復坐牢後，曾拜託林誌成照顧他的妻子和女兒。出獄後發現林誌成與楊彩玉同居了。夏衍並沒有過多地指責林的背信，而是以同情的方式處理的，他讓林受良心譴責，而讓匡主動離開。

在這三個人物身上確實有胡風、梅志、鍾潛九的影子。

又讀梅志《胡風傳》，鍾被捕後曾給梅志寫信，把她委託給胡風照看。梅志在《胡風傳》中專門寫到這封信。如下：

> 從冰室出來，他想，在馬路上談話不方便，就領她到自己的家。
>
> 她取出了鍾潛九的明信片，上寫著：「知道張光人已到滬，很高興。他是我尊重的人，你應像大哥一樣尊重他，有他在上海我就放心了。我已判五年，只要有書翻譯，我能安心。謝謝你為我奔走……」（大意）。

他們之間的關係確實不簡單。

永平上

wu yongping，您好！儘管劇本裏沒有過多指責，但把這件事寫出來，同情匡復，對林誌成就有譴責作用，胡當然不會高興，又說不出口，只能打肚皮官司。我們早就隱隱聽說過一點，不敢問，後來才慢慢瞭解一些。舒蕪上

先生：（主題詞：小稿）

再寄一小稿，也是作為資料寫的，與孟十還的《大時代》有關。永平上

（文章題為《胡風談孟十還的〈大時代〉》，錄開頭兩段。吳注）

1938 年 1 月 2 日周文在給胡風的信中寫道：

> 關於老孟編的那東西，我一見廣告時，就很詫異，怎麼葉某之流也擠在一塊？尤其是我回成都以來，更知道它（他）過去的一些惡事。把我的和它（他）擺在一起，實在很不舒服。但我為自譬自解起見，還責備我自己也許還有老毛病。「太潔癖」，我想，莫非它（他）現在已不同了麼？要是是你介紹去的，我就該這樣相信。到

今天接到你信，才知果然糟糕。現在我想另寫一封信給你，請你登在《七月》上，以為表白，免得此間有些傢伙也把我看成何許人了。

你看這麼辦好嗎？勞你的神。

該信收入《周文致胡風的信》，載《新文學史料》1998 年第 3 期。編者注云：「老孟編的那東西」指孟十還編的雜誌《大時代》，「葉某」即葉青。

（下略）

wu yongping，您好！稿收到，下午細讀。舒蕪上

舒蕪先生寄來對這文章的批註：

（第一處）胡風的「航信」已佚，他也並未代周文在《七月》上作「表白」，因此無從得知他當年對孟十還其人其刊的具體評價。但從周文閱信後的焦灼語氣中可以得知，胡風對其人其刊的政治性質是持懷疑態度的。（舒蕪批註：不會僅僅是「持懷疑態度」，可以說「說的不會是好話」。）

（第二處）周文對《大時代》的反感是看到它同期發表了「著名的托派葉青」的文章。他是中共地下黨員，有機會接受黨的「反托」指示。1937 年 12 月 4 日出版的《解放》第 26 期上有王明誣衊托派的《日寇侵略的新階段與中國人民鬥爭的新時期》，其文稱：「暗藏的托洛茨基——陳獨秀——羅章龍匪徒份子」是「日寇偵探機關」派出的從事「卑劣險毒工作的幹部」，還說，任卓宣（即葉青）也是托派。周文表白「至死也不願意和葉青之流的名字排在一起」〔註 168〕，也許是出於這個政治原因。（舒蕪批註：那時普遍對葉青的惡感，與他當過托派關係不大，因為他已經是一個國民黨文化特務頭子，專門從事理論上反共反蘇勾當。這是最令人痛恨的。那時進步青年對托派雖然也敵視，但程度不同。）

（第三處）抗戰初期的武漢，抗日民族統一戰線雖初具規模，黨派壁壘卻依然森嚴，文藝界本是時代的晴雨計，更體現出了這時代的縮影。當年，武漢有影響的刊物莫不有黨派背景，雖同倡抗戰救亡，彼此仍有戒備之心。周文 1938 年 1 月 2 日給胡風的這封信中還曾寫道：「自然在這樣的時候，只要有利於抗戰，無論甚麼刊物我們都該幫忙寫稿，不過在不知道刊物的性質以前，心裏總覺得有些『那個』。」生動地傳達出「大時代」來臨之前左翼作家們的「陣痛」。（舒蕪批註：對國民黨的警惕與對特務份子的仇恨不同，文

〔註 168〕周文 1938 年 2 月 6 日致胡風信。

協領導人裏面可以有張道藩、王平陵，不會容納葉青。）

先生：意見讀過，修改如下——

　　第一處照改：胡風的「航信」已佚，他也並未代周文在《七月》上作「表白」，因此無從得知他當年對孟十還其人其刊的具體評價。但從周文閱信後的焦灼語氣中可以得知，胡風對其人其刊說的不會是好話。

　　第二處談托派事：您說「那時普遍對葉青的惡感，與他當過托派關係不大，因為他已經是一個國民黨文化特務頭子，專門從事理論上反共反蘇勾當。這是最令人痛恨的。那時進步青年對托派雖然也敵視，但程度不同。」您的意見是對的。但在文中不好改，寫多了恐怕偏離了主題。

　　第三處談《大時代》與康澤的關係。我查了當時陶百川主編的《血濤》雜誌，在同一期刊物上既有葉青的文章，也有周恩來、博古的文章。中共領導人並不擔心自己的名字與葉青印在一起，周文和胡風的擔心，我以為是多餘的。

　　其實，我想表達的是：抗戰初期，大多數國民黨人及他們的文化人（如王平陵、張道藩）都是愛國的，都為建立統一戰線做過事，不能一概否定。孟十還即使接受了康澤的資助，與聶紺弩敲康竹槓的性質差不多，在當年也算不上什麼大問題。胡風的政治意識太強，並影響到周文。只是我不想寫得那麼清楚。

　　不知我想表達的這層意思對不對？

　　永平上

wu yongping，您好！《血濤》沒有看過，不知道上面既有葉青文章又有周恩來、博古文章情況，但周、博身份不同，如果我當時看到《血濤》，也不會對周、博有所懷疑，如果看到周文、聶紺弩、胡風這些左翼文人名字與葉青同列，則會大大懷疑起來。舒蕪上

先生：您好！

　　看來不該把葉青寫進文中，把康澤寫進去也不宜，還是當資料留存吧。武漢時期文藝刊物很多，老舍不管什麼刊物都投稿，而胡風除了《七月》不在其他刊物上發表文章。這是很有意思的現象。

　　另外，《血濤》寫錯了，應為《血路》週刊，是在武漢創刊（1937 年）的綜合性刊物。

永平上

wu yongping，您好！《血路》一直知道，《血濤》從來沒有聽說，原來錯了。舒蕪上

先生：一粗心我就出錯，總是這樣。非要隨時檢索原件不可。
明天再聊。永平上

2007-05-31　補注之「關於端木等辦《魯迅》」

先生：（主題詞：又一小稿）

寄上又一小稿，談的是端木事。我發現《七月》重慶復刊後，端木及蕭紅的名字消失，追根溯源，似乎找到了。

但我沒有寫蕭紅與蕭軍的婚變。

永平上

（小稿「關於端木等辦《魯迅》」，錄開頭兩段。吳注）

1938 年 10 月 19 日蕭軍自成都致胡風：

> 前天收到來信，知你已跑到了宜都。昨天收到《七月》第二集合訂本。謝謝。
>
> ……關於端木等辦《魯迅》，我還未聽到這消息。有的說他們在重慶，有的又恍惚，因為我也沒工夫來留心他們，所以也就不去細問。至於「他現在要拉的作家，即是他先前反對的作家，則頗為有趣了」，我倒覺得無甚趣味，因為一般人總是利於己則「擁護」之；不利於己則「打倒」之；「無利無不利」則「冷淡」之，何況聰明如端木之流？扯大旗，起爐灶倒是英雄行為，不過不要被旗杆壓倒了，那就有點不英雄了。

該信收入曉風、蕭耘輯注《蕭軍胡風通信選》，載《新文學史料》2004 年第 2 期。其中「關於端木等辦《魯迅》」及「他現在要拉的作家，即是他先前反對的作家，則頗為有趣了」等語出自胡風的來信。

（下略）

Wu yongping，您好！（主題詞：又一小稿讀後）

二蕭婚變事這裡可以不寫，但聶紺弩在西安就反對端木，反對蕭紅嫁他，則胡風與蕭軍之不滿端木，可能也與此有關。我不太瞭解端木為人究竟

如何。

舒蕪上

先生：（主題詞：意見讀後）

二蕭婚變事，誠如您所說，曾引起聶紺弩、胡風等的不理解。端木與蕭紅回武漢結婚後，仍在《七月》上發表文章，可證當時胡風對他們的反感還沒有到嚴重的程度。胡風非常看重《七月》，他容不得同人的離心。當他聽到端木在重慶另起爐灶時，憤怒就爆發了出來。以後他就不發端木和蕭紅的文章了。他們是1940年1月才離開重慶的，胡風與他們已無交往了。

婚變，是私事。文中因此不提，只是在「新婚妻子」上暗示了一下，證實二蕭感情已完全破裂。此外，對於端木的為人，眾說紛紜，但他當年能接受已懷著蕭軍骨肉的蕭紅，我認為其人的肚量也相當大。

永平上

wu yongping，您好！我的朋友中，只有陳邇冬與端木交情甚好。章靳以紀念蕭紅的文章揭露端木打蕭紅之事，（文中以D.隱其名，）影響很大。那年在哈爾濱舉行紅樓夢會，端木出席，手扶竹杖，就有到會女同志竊竊私議說那就是蕭紅贈端木定情物而端木用來打蕭紅的。她們搞錯了，聶紺弩說蕭紅贈端木的是一根小竹鞭，並非竹手杖。後來香港危急，蕭紅病危，而端木不知道哪裏去了，只有駱賓基在陪護，這也是不理於人口的。舒蕪上

先生：您好！

關於端木與蕭紅的關係，如果不算上蕭軍，他們夫婦間的事情是有很多種說法的。我讀過這些意見非常紛紜的文章，也曾懷疑過端木的人品，但想來想去，端木頂多是有點自私，還不甚可憎吧。

寄上關於拙著《隔膜與猜忌》的書評一篇，這是復旦大學一位副教授寫的，將在《上海社會科學報》上發表。

永平上

（孫潔：令人敬畏的歷史還原——評隔膜與猜忌——〈胡風與姚雪垠的世紀紛爭〉》）

yongping，您好！書評不壞，似乎言有未盡。端木人品難以概論，言者只論其對女人對妻子的態度。如果他真的打老婆，那可太「那個」了。舒蕪上

2007-06-01　談端木與蕭紅（中午休息）

先生：您好！寫書評者是我的同行，曾出過老舍研究的專著，與我有交流。也許礙著情面，不能放手地評。我已去信批評了她。端木打蕭紅，此事尚不能確定，而蕭軍打蕭紅，則是公認的事實。蕭紅臨終前對蕭軍的懷念，可用「女子重前夫」解，雖然對端木並不公平。永平上

wu yongping，您好！記得靳以寫的是他去看蕭紅，蕭紅臉上青了一塊，還掩飾道是自己碰的。躺在一旁的叫作 D 的傢伙跳起來說：「什麼碰的！我打的。」又看見蕭紅正在寫什麼，抓過來看是悼念魯迅的，一把扯碎罵道：「你能悼念什麼！」這給人印象太醜惡了，所以女同志們那麼痛恨。靳以寫的細節如此生動，不會是虛構吧。舒蕪上

先生：您好！

我沒有讀到靳以的這篇文章。1939 年冬，蕭紅和端木蕻良搬到黃桷樹鎮上名秉莊，住在靳以樓下。靳以的回憶當然有可信度。蕭軍打蕭紅更是家常便飯，這事大家都知道，可責備蕭軍的人不多。關於蕭紅，還有一些傳言，如下面這段

> 「駱賓基在香港醫院照顧蕭紅的最後的四十多天，他和蕭紅已戀愛了，蕭紅打定主意和端木分手，希望身體好了，和駱賓基共同生活。蕭紅臨終寫下『這樣死，不甘心』。萬水千山，千辛萬苦總算找著了一位能照顧他、關愛她的男人了，卻要死了，沒有什麼藥能救她了，這悲涼力透紙背。蕭紅病逝了，在離故鄉很遠的異鄉，死時端木和駱賓基在場。葬了蕭紅，他們兩位一塊逃難到了桂林，打過一架。駱賓基拿出蕭紅寫的小紙條，「我恨端木」還有蕭紅的版權遺囑。《商市街》歸她弟弟，《生死場》歸蕭軍，《呼蘭河傳》歸駱賓基。端木沒有，端木不服，他們打了官司，駱賓基勝訴。」

此說也不知是否真實？

永平上

wu yongping，您好！責備蕭軍的人不多，也許因為沒有人像靳以那樣寫出「個案」細節，感染力不強，也可能覺得蕭軍還不失為關東粗豪漢子本色，不像端木那樣醜惡，竟以打老婆為光榮，在朋友面前誇口，當面出老婆的醜。蕭紅最後與駱賓基相愛，大概是事實。版權繼承之爭，沒有聽說過。舒

蕪上

2007-06-02　胡風如何「呼應」舒蕪的《論主觀》

先生：論文收到否？永平

　　（附件：胡風如何「呼應」舒蕪的《論主觀》）

wu yongping，您好！文章收到，待細讀。舒蕪上

2007-06-03　補注之桂林的「十五個刊物」等

　　舒蕪先生寄來對「胡風如何呼應舒蕪」一文的批註：

　　（第一處）《希望》創刊號面世後，上述兩文（指舒蕪的《論主觀》和胡風的《置身在為民主的鬥爭裏面》）受到了政黨中人的嚴重關注，中共南方局曾多次召集內部討論會進行批判，批判的重點且漸由舒蕪文而轉向胡風文。（舒蕪批註：三年之後，）1948 年香港《大眾文藝叢刊》同人甚至認為這兩篇文章「實際上也就等於《希望》社對文藝運動提出的宣言」〔註169〕。（舒蕪批註：胡風則始否認，起初他說發表舒蕪文章是為了批判，後來又說發表舒蕪文章是他的「失察」，至今還是個問題。）

　　因而，深入探討胡風的《置身在為民主的鬥爭裏面》（舒蕪批註：是不是以及）是如何「呼應」舒蕪的《論主觀》，也許仍是有必要的。

　　（第二處）《希望》創刊號面世後，舒蕪的《論主觀》和胡風的《置身》所代表的傾向引起了中共南方局的警覺，曾多次召集各方面的專家、學者舉行內部討論會，對兩文進行嚴厲的批判。（舒蕪批註：上面已經幾次這麼說過，不必再說。）周恩來還曾單獨與胡風面談，教導（舒蕪批註：？）他：

　　（第三處）直言之，在當年政黨為實現宏大奮鬥目標而全力促進思想統一（整風）的大環境下，胡風、舒蕪這批黨外的左傾知識分子卻要求繼續解放思想和獨立探索，放言批評整風中出現的新的「教條主義」傾向，干預政黨內部整改（舒蕪批註：恐怕用不上「干預內部事務」云云，思想改造對整個左翼知識分子提出，並非只對黨員提出。）其志可嘉，其情可憫。但由於他們的理論素養及理論準備不夠充分，批評不合時宜，相關論文的客觀效果並不理想。

〔註169〕邵荃麟：《論主觀問題》，收《文學運動史料選》第 5 輯，上海教育出版社，1979 年版，第 531 頁。

　　先生：您好！您的意見很對，修改處也很好。我對開頭結尾兩處文字作了一些改動，如下：

　　（開頭一段）《希望》創刊號面世後，上述兩文受到了政黨中人的嚴重關注，中共南方局曾多次召集內部討論會進行批判，批判的重點且漸由舒蕪文而轉向胡風文。三年之後，香港《大眾文藝叢刊》同人甚至認為這兩篇文章「實際上也就等於《希望》社對文藝運動提出的宣言」。胡風則始終否認，起初他說發表舒蕪文是「為了批判」，後來又說發表舒蕪文是他的「失察」，至今還是個問題。因而，深入探討胡風的《置身在為民主的鬥爭裏面》是不是以及是如何「呼應」舒蕪的《論主觀》，也許仍是有必要的。

　　（結尾一段）直言之，在當年政黨為實現宏大奮鬥目標而全力促進思想統一（整風）的大環境下，胡風、舒蕪這批黨外的左傾知識分子放言批評整風中出現的新的「教條主義」傾向，要求繼續解放思想和獨立探索，其志可嘉，其情可憫。但由於他們的理論素養及理論準備不夠充分，批評不合時宜，相關論文的客觀效果並不理想。

　　yongping

　　wu yongping，您好！沒有不同意見了。舒蕪上

　　先生：請看附件，資料性小文一篇。永平
　　（《桂林的「十五個刊物」（1942）》，錄其開頭兩段。吳注）
　　胡風 1942 年 9 月 15 日自桂林致蕭軍，寫道：

　　　　「你曉得現在的讀者在讀著什麼麼？單說桂林，就有十五個刊物，那些全是市儈弄出來『貢獻』給讀者的。你那些半製品，應該完成它，放它們到人間去！

　　　　「這就是我底悲劇。主觀上，需要單純，看些，讀些，寫些，但看看情形，又非做媒婆不可。實際上，許多好東西給文藝市儈糟蹋了。不能像你似地雄視百年之後，原因就在這裡。所以也希望你們來湊湊陣勢，把百年後才肯出版的東西拿出來。這新文藝實在被市儈們弄得快要變成見人就張開兩腿的四馬路野雞了！」

　　該信收入曉風、蕭耘輯注《蕭軍胡風通信選》，載《新文學史料》2004 年第 2 期。輯注者未對桂林的「十五個刊物」及「市儈」等語加注。

Wu yongping，您好！（主題詞：商榷）

　　這篇似乎空一點。單單列舉刊物的名字和主編人，不足以說明其評價之無理，最好能舉些實證，證明某些刊物（例如《野草》）的成就之不容抹殺。舒蕪上

先生：再寄上資料性小文一篇。永平

　　（《胡風與桂林〈文學報〉》，錄其開頭數段。吳注）

　　近日讀姜德明的《蕭紅與孫陵》（載 2005 年 10 月 28 日《文匯讀書週報》），文中寫到 1942 年創刊於桂林的《文學報》，有如下兩段：

　　　　「《文學報》是十六開本的週刊，手工紙印，由桂林的中國書店發行。刊物的特點是把『文壇消息』放在首頁。封面列本期詳目，亦作版權頁，保持了戰時的樸素風貌。除此之外，與當時習見的一般純文學刊物也沒有太大的區別。創刊號上連載了孫陵的《大風雪》，駱賓基的短篇小說《生活的意義》，臧克家的詩《走》，穆旦的《催眠曲》，端木蕻良的《我的寫作經驗》等。」

　　　　據《中國現代文學期刊目錄》的介紹，孫陵編的《文學報》共出三期，我存一、二兩期。第二期上又發表了李廣田、周立波、嚴辰、羅烽、呂熒、青苗等人的新作。第三期仍待訪。」

　　作者為第一段最末一句加注曰：「據彭燕郊在《胡風在桂林》（見《三聯貴陽聯誼通訊》2005 年第 2 期）中說，《文學報》『第一期稿件主要由胡風先生提供，是一本很紮實很嚴肅的高水平的文學雜誌』。」正文中提到該刊是「孫陵編」，注中又指創刊號的稿件主要由「胡風先生提供」，有點令人費解。另據筆者所知，胡風與孫陵的關係從未達到過這種程度，更產生了疑惑。再看創刊號目錄，其稿件更不像為胡風所提供——

wu yongping，您好！（主題詞：補充）

　　還可以補充：臧克家和穆旦的詩，胡也斷不會用的。舒蕪上

2007-06-05　開始讀《胡風家書》

先生：您好！（主題詞：書到）

　　今日託人買的《胡風家書》寄到，正在看。

　　永平上

先生：（主題詞：讀《胡風家書》）

開始讀《胡風家書》，有刪節處往往是對某人的評價，刪了不少。

明白了很多事情：胡風認為他的命運完全與周恩來的態度有關。他認為命運的轉折點在 1945 年得罪了胡喬木之後。他所謂的「父周」與「子周」，並不含尊敬周恩來的意思，二者是對應的關係。1952 年開會時，他曾讓梅志清點信件，找出對你不利的東西。1937 年 8 月他已與馮雪峰翻臉……很多很多未聞的事情。

收穫很大。

建議您也讀一讀。

永平上

Wu yongping，您好！《胡風家書》當遵教購讀，但目前開始寫另一稍長之文，也許購而不即讀。您大概不久就會將新收穫陸續寫出來，我可以現成分享。舒蕪上

先生：您好！是的，我要陸續地寫，寫好再請先生指正。：）永平上

2007-06-06　舒蕪談「匿怨」

先生：您好！（主題詞：讀《胡風家書》）

讀《胡風家書》，發現胡風與馮雪峰的關係在 1937 年 7 月出了問題。見下信：

> 1937 年 7 月 29 日致梅志信：離開上海之前，馮政客和我談話時，說我底地位太高了云云。這真是放他媽底屁，我只是憑我底勞力換得一點酬報，比較他們拿冤枉錢，吹牛拍馬地造私人勢力，不曉得到底是哪一面有罪。然而，親愛的，如果和一般窮苦人，像你現在所看見的鄉下人相比，我們是沒有叫窮的權利的。我願你在他們中間更深刻地看到人生。

曉風未注「馮政客」是誰。

接著又有一信，罵馮雪峰為「三花臉」。如下：

> 胡風 1937 年 8 月 6 日自上海致梅志：到今天上午，才把全集的工作弄完，人算是輕鬆了許多。計算一下，從去年十一月起，九個月中間，我把五分之二的精力和時間花在了這件工作上面。但報酬呢？到現在只得到一百一十多元，至多還能得到五十餘元而已。

然而三花臉先生（馮）還說我藉此出了名，大有認為被我得了了不得的好處似的。

該信收入《胡風家書》，編者注：「三花臉先生，指馮雪峰。」

前一信談「地位」，後一信談「全集」。

還有幾封信，談馮雪峰如何「封鎖」他，不讓他參加文藝界救亡活動。

真是有意思，胡風抗戰初期與中共關係搞壞，與周揚沒有關係，而與馮關係甚大。

永平上

Wu yongping，您好！（郵件主題詞：原來是匿怨而友其人）

《論語·公冶長》：「子曰：巧言、令色、足恭，左丘明恥之，丘亦恥之。匿怨而友其人，左丘明恥之，丘亦恥之。」舒蕪上

先生：您好！

胡風有「匿怨」的本事，但世人卻不知。

竟日讀《胡風家書》，特別關注他對周恩來的態度，有心得，明日再告。

永平上

Wu yongping，您好！（主題詞：「讀家書參考」）舒蕪上

（舒蕪：我所見到的胡風與雪峰）

　　最初知道他們是共同提出口號的兩人，決定了我基本上把他們認為魯門二大弟子。第一次發現胡回憶口號之爭時說「當時主將下了命令停止，我是小兵，只有服從命令」云云，知道主將指雪，有小牢騷，但無傷大體。我與喬木談話當天晚，雪來到胡寓處，顯然有所聞而來。胡即將我介紹給他，這不同一般。我在他處遇到一些文藝界人士，他照例不介紹我，或只介紹是「朋友方管」，含糊過去。雪於是同我談了不少，例如「你叫他們用秧歌體翻譯資本論看看」，都是「私房話」之類。我更以為他們二人之間沒有芥蒂。有一次我問胡，雪為什麼好像不被看重，胡說「因為工作沒有做好嘛」，是唯一一次口頭褒貶。解放初，我第一次在北京重逢胡，他告訴我，曾經建議雪把我從南寧調到雪在上海主持的魯迅著作編刊社，雪馬上拒絕道「這不過是伏案的工作」，真偽不可知。但是五二年我參加胡文藝思想討論會後，雪又歡迎我到文學出版社工作，過去覺得正常，

> 現在想來也許中間有微妙。但也許沒有微妙，雪是老實正派人，不
> 知道胡背後那麼罵他也未可知。又曾經聽牛漢說，胡在北京買房子
> 的錢，是向朋友借的，雪與丁玲都出借過。此事家書中涉及否？

先生：關於胡在北京買房子的錢，曾向馮（信中還罵他「三花」）借了一千萬（房子大概總數為 6 千萬，胡風本有錢，但與梅志商量後，為了避免別人說閒話，還是借。很有意思的事。），書中有，雪葦也借了，適夷也借了。丁玲借錢事尚不知，晚上再查查書。

馮雪峰抗戰時期到重慶，沒有得到重用，這個時期他與胡風關係又恢復了。解放初期馮得到上面重視，關係又開始變壞。胡風因此說「他又恢復到十年前的本性了」。

永平上

先生：您好！收到《新文學史料》新一期，看到您的「討論會日記抄」已發表，好像刪去了胡喬木的講話。現在胡風的所有研究資料基本上都出齊，出版研究胡風的書應該沒有什麼忌諱了。永平

wu yongping，您好！喬木講話，我自己刪的，為了篇幅。尊稿無消息，我擔心出版社顧慮胡家屬有意見之故，出版商業化，在商言商，最忌諱得罪人。舒蕪上

先生：您好！

再試一次，如果胡玉萍明確表示不要了，那就還是給河南大學，他們要。

永平上

2007-06-07　舒蕪談「徵實」與「蹈空」

先生：您好！

今天去所裏開會，順便看到「人大複印資料」，突然發現我去年的一篇文章被「中國現當代文學研究」轉載，就是那篇《阿壟「引文」公案的歷史風貌》。我覺得奇怪，這不是論文，而是史談之類。再看其他各期，又發現同類文章也被轉載了不少。由此想到，近年來「論文」已現窘境，「歷史還原」終於受到重視了。

這篇文章曾呈上，得到了您的指導，因而寫得比較客觀，沒有什麼火氣。謝謝您！

永平上

wu yongping，您好！（主題詞：參考）

日本學者講究徵實，我們多蹈空，現在風氣轉變是好事。

舒蕪上

先生：讀胡風家書。1952～53 年信涉及先生處甚多。尤其令人驚異的是，他很早就要從你的信中找出問題，如下面這封。

　　　1952 年 7 月 31 日家書：「有一件不愉快的事又要你做。把方無恥的信再查一查，把朋友們批評到他的（他在信上寫到的），檢出來寄我。信在靠門木箱子（上或中層）外邊。解放後的信，有些（初期的）上次沒有找著，記得有一封他提到我勸他向老幹部學習的，如能找著也好。」（第 285 頁）

後來，討論會之前，他讓梅志把您的全部信都掛號寄給他。永平上

wu yongping，您好！那是 52 年北京開會期間，並不太早。舒蕪上

先生：您好！那是比較早的信，討論會還沒有開呢，還有：

1952 年 8 月 15 日信，「無恥信都查過，沒有化鐵批評他的那一封麼？（他自己提到的）（第 292 頁）

1952 年 8 月 18 日「把無恥信全部掛號寄來。」（第 295 頁）

1952 年 8 月 27 日「把無恥信全部掛號寄來。上次小卷收到了的。」（第 299 頁）

1952 年 9 月 3 日「無恥信小卷尚未收到，掛號，大概要遲兩天罷。」（第 300 頁）

1952 年 9 月 4 日「無恥信已收到，但封紙完全散開了。（第 302 頁）

9 月 6 日一次會議。

9 月 9 日舒蕪到京。

1952 年 9 月 22 日「頂多他手裏有我的信。頂多也不過說了何爺和香港壞話而已。充其量也不過對什麼人說了不滿的話而已。（第 309 頁）

1952 年 9 月 26 日「昨天，林副長來約到公園談了五個鐘頭。明白了：他們對無恥有懷疑，有的說是從延安出來的；劉鄧大軍過後他從家鄉逃出來的事，他們也曉得，大概還成為懷疑根據之一；到底是否叛徒，說還不明白，也就是不願現在就公開；說決不會受他的挑撥，木字領導，請我放心云。……

現在要不要無恥參加，他們也似在躊躇（省）。林說：無恥問題，是要他回去交代呢，還是在這裡交代，還在考慮。」（第 311～312 頁）

2007-06-09　補注之「鳳姐」

先生：寄上改寫的一篇小文。永平

（題為《胡風從何時起稱丁玲為「鳳姐」》。錄起首三段。吳注）

胡風在與朋友的通信中習慣使用一些特殊的稱謂，稱丁玲為「鳳姐」便是一例。但他從何時起稱其為「鳳姐」，尚有不同的說法。

1955 年的「反胡風」運動中，他給方然的一封信（1954 年 11 月 14 日）被摘錄收入《關於胡風反黨集團的第二批材料》，信中有云：

> 「三次會上，徐作了二小時發言。剝出歷史情況和此次打擊是
> 有計劃的，子周為主，鳳姐雙木等一干人都同謀；提出了宗派和軍
> 閥統治。」

編者注為：「（徐）指路翎。（子周）指周揚同志。（鳳姐、雙木）『鳳姐』指丁玲同志。『雙木』指林默涵同志。」

（下略）

舒蕪先生對這篇文章有兩處批註：

（第一處）「鳳姐」含有貶義，不待多說，無非指其（批註：解放後任中宣部文藝處長，在文藝界地位猶如榮國府）擅於弄權（批註：的管家大少奶奶）而已。

（第二處）文中似可用幾句扼要的話略敘胡、丁之間過去（批註：胡編《七月》丁在延安之時）較好的關係，以見解放後稱風姐意味著什麼。

2007-06-10　討論《胡風家書》中「師爺」指誰

先生：您好！（主題詞：請教）

讀胡風家書，有一封談到「討論會」期間胡喬木的那次講話（日記抄發表時刪去了的），如下：

> 「今天下午，軍師做報告，三小時以上。有些意思，我十年以
> 前就說過了。有幾處，又說死了，要創作者底的命呢！情形就是如
> 此，難得很的。雖然後面也說到批評不好，組織不好之類，但我看，
> 好不起來，也沒有膽量讓人好起來的。現在，作家之類像堂子，又

要玩你又看不起你。而所謂作家呢，又實在很少爭氣的。」

又，胡風在 1952 年 12 月 17 日給梅志的信中寫到胡喬木（師爺）參加了「討論會」並作了發言，但我在「日記抄」中沒有看到他發言的內容。如下：

「十二日信前天收到。昨天忙了一天。最後一次會，晚八時到一時過或二時左右。發言者有胡、邵、艾、田、子周，還有師爺。兩次，師爺都參加了的，可見嚴重程度。內容不必說了，應有盡有。至於態度，理論上給以根本否定，政治立場卻給以全盤肯定。態度，是好的。給論呢，要我自己做。待要我發言，已無時間了，詩人嚷著明天還要開會。說了我的態度和收穫。」

胡喬木說了些什麼？？

永平上

wu yongping，您好！胡喬木參加，我現在毫無印象，十分奇怪。如果他發言，且有兩次，我斷無全不記錄之理。尤其最後一次，他若發言，是結論性的呢，還是一般性的呢？如有他在場，做結論的卻非他，而由周揚做，也不合常例。我整個印象裏，那次根本沒有喬參與，所以周恩來指示也只給周揚。

舒蕪上

先生：（主題詞：請教）

「鳳姐」文後加了如下數段，幾句話寫不清楚，一寫就長了。見附件。

永平

（附件：胡風與丁玲）

胡風與丁玲相識於 30 年代初，是「左聯」的戰友。抗戰爆發後胡風在國統區創辦《七月》雜誌，遠在延安的丁玲是熱心的撰稿者。抗戰中期延安整風，丁玲經歷了一番「脫胎換骨」的過程，與「七月派」關係無形疏遠。1942年胡風從香港脫險返回桂林後，曾給延安的蕭軍去信（9 月 15 日），問到丁玲的近況，語氣非常親呢，寫道：「問丁，為什麼不給我寫『情書』？我在懷念她，而她卻在迴避我這個宗派主義大家。」蕭軍在 10 月 20 日的覆信中寫道：「我和丁君已經一年多不交言語，關於你請她給你寫信的事，已經託人轉達，是否會有『情書』給你，那要看你們的交情了。」丁玲是否有「情書」寄胡風，未詳。但她未曾給胡風的《希望》雜誌供稿，則是事實。

1949 年初胡風自香港抵達東北解放區，見到闊別十餘年的丁玲，印象仍

不錯。他在日記中寫道：「丁玲來，基本的格調還在，但對於集體意識的照顧已經成為習慣的了。」第一次文代會後，他們的關係出現裂隙。胡風因沒有得到理想的「位子」，情緒有些低沉。丁玲特意邀他到北海公園划船散心，寬慰他道：「官也得有人去做嘛！郭沫若、茅盾他們去做官，讓他們做去好了……」其實，丁玲當時也是「官」，時任全國文聯機關刊物《文藝報》主編，不久又擔任了全國文協主持日常工作的常務副主席。胡風感謝丁玲的好意，認為「在這當局文壇，她還是一個可以不存戒心談談的人，也可以說對我很好罷，但我也沒有心情接近她」（胡風 1950 年 1 月 1 日致梅志信）。1950 年初，胡風將長詩《光榮贊》送交《文藝報》發表，遭到丁玲的婉拒，於是在通信中改稱其為「丁大小姐」。1951 年春，丁玲出任中央宣傳部文藝處處長（該職務原由周揚兼任），胡風戲稱其為「丁主帥」。同年年底，丁玲領銜主持全國文藝界的整風學習運動，胡風便以「鳳姐」謔之了。（舒蕪批註：把她比作榮國府擅於弄權的管家大少奶奶。）

其實，不管丁玲解放初曾榮膺何等高位，她的本色仍是小說家。她本無心仕途，文藝處處長一職也是勉強就任的。1952 年初獲得「斯大林文藝獎金」後，她請求上級批准辭去所任各職，希望能從事專業創作。1953 年第二次文代會後，她只保留了中國作家協會副主席、黨組成員這兩個頭銜，不再負責具體的領導工作。從丁玲解放後職務的變化來看，胡風將她喻之為「鳳姐」，理由並不充分。

（舒蕪批註：好像記得丁曾把毛澤東贈她的詞的原件掛號寄胡保存，如有此事，更可見當時他們關係之密。）

先生：丁玲把毛詩託人帶給胡風保存，這事我是知道的。但胡風一直不把它歸還丁玲，而是當作「紀念品」。解放後他們經常見面，胡風就是不提歸還事。1965 後他在獄中給梅志信中還提到這件事，可見他並未忘記，但就是不肯還給丁玲。最後歸還，那是 1980 年平反後的事情了。此事我不想寫，就是這個緣故。永平上

wu yongping，您好！我只想到可以說明二人當時關係之密，不知道何以不好寫。舒蕪上

先生：兩信均收到。胡風家書說胡喬木參會，確實很奇怪。查胡風萬言書談「討論會」過程的文字，得如下兩段，第一段中寫到胡喬木休假，第二段

寫到最後兩次會的情況。他那樣說，是嚇唬梅志麼？？永平上

如下：

　　十七、就是《文藝報》出版的這一天下午，林默涵同志來我我，一道到中山公園談了幾小時的話。這是一次最長最親切的談話。除了一些政治情況，胡喬木因病休假和習仲勳同志來主持中央宣傳部的事情以外，主要的內容有這些：（一）路翎提供關於舒蕪的材料，他相信是真實的。（二）這以前對舒蕪底情況不大瞭解，只聽到他從劉鄧大軍佔領過的家鄉跑出來的事情，也對他有些揣測；廣西也沒有送來材料。大概舒蕪沒有政治問題，否則不會給他當中學校長。（三）路翎是有貢獻的，舒蕪一開始就犯錯誤。（四）路翎過去作品解放後都不能出版發行，那是下面不理解，過了這件事就會解決的；這件事過去了，路翎是可以作很多工作的。關於我的主要有兩點：（一）有些文章提問題提得不夠明確，容易生副作用；（二）其實現在大家忙，沒有時間談過去的問題。發表了舒蕪文章的當天（舒蕪十多天前到了北京），林默涵同志表示了這樣的態度，當時使我很迷惑。他說過「就是要算舊賬」，現在又說沒有時間談過去的問題，那現在這樣大張旗鼓底目的到底在哪裏？想問他這個問題應該怎樣結束但又覺得不能由我提這樣的問題。我曾經當 128 林默涵同志提到胡喬木同志的時候，兩次提出過想和胡喬木同志談一談，得到指示，後來在北京劇場偶然見到胡喬木同志的時候，也當面提出過，但都沒有得到回答。現在看到林默涵同志似乎談得誠懇，我又提出希望看一看胡喬木同志底病。林默涵同志後來一直沒有回答，我就完全找不出把問題放到正常道路上的努力方法了。

　　二十四、12 月 11 日，開第三次會，16 日開第四次會。完全是同志們對我提意見。主要發言人的口氣更嚴厲，有的同志，如何其芳同志，用他的意思解釋了我的幾處文字，把問題提到了我是存心反對黨的嚴重程度。同志們沒有提過《一段時間，幾點回憶》有什麼原則錯誤，另外又提出了許多問題。但使我奇怪的是，主要發言人如周揚、胡繩、何其芳、林默涵、馮雪峰等同志，好像還是沒有認真檢查過我的文字，只是抓出一兩句來照自己的意思隨便解釋。林默涵同志甚至把我自己檢查出來的關於五四當時領導思想的錯

誤提法也當作他自己的意見再說一次。周揚同志底發言更是隨便從我的文字抽出幾句來斥罵了一陣。其餘幾位發言較少的同志只是一個不得不表示態度的意思。因為確定了「依靠組織」的原則，我在情緒上沒有受一點影響。最後，周揚同志嚴厲地斥責了我 131，說我在文藝理論上是反黨的「路線」；說政治態度上無問題，但問題不決定於政治態度，而是決定於文藝理論；說我要在文藝理論上「脫褲子」，承認是反黨的「路線」……。斥責了以後，歸結到：結論要由我自己做。時間太晚了，我要求簡單說明我的態度，但還只說了幾句，有的同志就大聲說明天還有工作，會應該散了。我當時向同志們說明的主要點是：經過這一次，同志們坦白地說出了對我的意見，我感到愉快，但當然還要繼續檢查，作出結論，在工作上去認識並改正錯誤，請同志們相信我。說我感到了黨是嚴肅地對待這個問題，20 多年的工作，黨沒有不注意的道理；談出來了，黨明白了，我自己也安了心。如果有些問題我不能理解，不能一時解決，那也不要緊，一步一步做去就是。同志們不要耽心意見提得太尖銳，那不要緊，那是為了幫助我猛省的。我自己更加強了求真的精神，要努力再學習，爭取做得好一點，在鬥爭中受到鍛鍊。……我爭取做毛主席底一個小學生。懂得了團結是在黨底領導和教育下面工作的問題，要從過去樸素的想法和心情更進一步，爭取了十多分鐘把這點意思說完了，這是為了希望同志們相信我是要盡可能在黨底莊嚴的鬥爭要求下面，在黨性要求下面對待問題，對待自己，也對待同志們的。

wu yongping，您好！既然他說曾一再要求見喬而不可得，可見討論會上不會有喬兩次出席講話之事。至於林默涵說「沒有時間談過去的問題」，是與周揚結論一開始就說「問題只能從延安座談會後有了標準談起」相一致的。舒蕪上

先生：您好！胡風說胡喬木參加討論會事，確實不見於其他資料。他也許在說假話，但他為什麼要向夫人說假話呢？

胡風這樣做究竟是為什麼？下面是全信，請閱。永平上

54—1952 年 12 月 17 日自北京

　　十二日信前天收到。昨天忙了一天。最後一次會，晚八時到一時過或二時左右。發言者有胡、邵、艾、田、子周，還有師爺。兩次，師爺都參加了的，可見嚴重程度。內容不必說了，應有盡有。至於態度，理論上給以根本否定，政治立場卻給以全盤肯定。態度，是好的。給論呢，要我自己做。待要我發言，已無時間了，詩人嚷著明天還要開會。說了我的態度和收穫。（下略，吳注）

2007-06-11　舒蕪認為「師爺」指陽翰笙

　　wu yongping，您好！原信「師爺」無注解，到底指誰，太難揣測。喬，斷不可能。舒蕪上

　　先生：您好！前信已注「師爺」為胡喬木，故此信未注。而且，除了胡喬木外，「師爺」還能指誰呢？胡風為何要撒謊，不得其解！永平上

　　　　（《胡風家書》第349頁。53－1952年12月12日自北京：昨晚開了會。林、馮、何三位轟了一陣。早料到如此，果然如此。說是下週再開一次，就結束了。下次是胡、邵二位。下次當然要我發言。發言的。以後呢？那就不知道了。不存幻想，當然好辦。如陷在荊棘林中，現在只求早日結束。結束後，看怎麼來罷？師爺①昨晚都出了席，可見隆重。①師爺，指胡喬木。）

　　wu yongping，您好！不可解。舒蕪上

　　先生：您好！您的手頭是否有一套解放前出版的《魯迅全集》。我想請你查查，是不是1938年版的（解放前翻印的都是這個版本），編輯者是「魯迅先生紀念委員會」，還是「魯迅全集編輯委員會」？有無編輯人員名單？胡風是否為其中之一？

　　我在寫「胡風為何稱馮雪峰為三花」，涉及到《全集》事。

　　　　1937年8月6日胡風自上海給梅志去信，寫道：

　　　　　　到今天上午，才把全集的工作弄完，人算是輕鬆了許多。計算一下，從去年十一月起，九個月中間，我把五分之二的精力和時間花在了這件工作上面。但報酬呢？到現在只得到一百一十多元，至多還能得到五十餘元而已。然而三花臉先生（馮）還說我藉此出了名，大有認為被我得了了不得的好處似的。

　　　　該信收入《胡風家書》（復旦大學 2007 年 4 月版），編者曉風
　　注云：「全集，即《魯迅全集》。胡風被列為魯迅先生紀念委員會顧
　　問，全力參加了《魯迅全集》和日文《大魯迅全集》的編纂和翻譯
　　工作。」

　　我認為注文有錯：一，胡風只是治喪委員會成員，不是「紀念委員會顧
問」；二，胡風並未參加《魯迅全集》的編輯，只是替鹿地亙翻譯魯迅雜文幫
忙，那是日文《大魯迅全集》的一小部分。

　　永平上

wu yongping，您好！從未見過魯迅全集編輯人員名單。舒蕪上

wu yongping，您好！你好！（主題詞：「師爺」是不是陽翰笙？）

　　我懷疑「師爺」指陽翰笙。座談會共開四次。一二兩次陽沒有參加，三
次起才參加，所以家書中補告梅志。陽在黨內地位重要，重慶文工會實際上
他領導，所以他參加而且發言意味著嚴重。家書中剛用「軍師」指胡喬木，接
著一信中「師爺」當有區別，不可能指同一人。「軍師」是毛的軍師，「師爺」
是周的「師爺」，或者重慶文工會時代對陽就有這個稱呼。四次會上陽發言不
長，但有云：「他在國統區有孤獨之感，一方面國民黨迫害他，可是另一方面，
共產黨的文藝路線，對於他又格格不入。說一句不大妥當的話，簡直有些『夾
攻中的奮鬥』的樣子。」分量很重。末了他自己還特地說：「我和胡風是很老
的朋友……所以我講得更直率一點。」懷疑如此，請考慮指正。舒蕪上

先生：您好！（主題詞：「師爺」是指陽翰笙）

　　讀過關於「師爺」的信，啟我愚蒙。您的猜測完全正確。
　　繼續讀《胡風家書》在 1951 年 10 月 7 日信中讀到如下兩段：

　　　　我想，在兩週左右，如果父周或秘書不理，當再作打算。先抽
　　空回來一次，不大好，人們又要說閒話的。好 M，安心地等我罷。……
　　（中略，吳注）

　　　　還有，所謂「驕傲」「個人英雄主義」等，是軍師爺①宣播出來
　　的。主要的原因是前年那一封信，其次，是去年馮三花從中打了我
　　的黑槍。曉得了這些，是好的，我要看看他們怎樣玩法。現在的問
　　題是：維持一兩個文壇主人底權威呢，還是要解決這個偉大的人民
　　底事業，黨底事業？真理決不在他們手上，但槍確實是抓在他們手

上的。

　　①軍師爺，指胡喬木。

　　在這同一封信中，「秘書」指胡喬木（毛澤東的秘書），「軍師爺」（「師爺」）則不應也指胡喬木，而應指陽翰笙，陽當年是周恩來的秘書。信中所說「前年那一封信」，指的是他求見周的信，陽肯定是知道信中內容的，胡風怪他傳話，因此在信中抱怨。

　　我非常高興，這解決了一大問題。或許以後要寫一文章指謬。

　　永平上

wu yongping，您好！對。舒蕪上

先生：（主題詞：「師爺」與「軍師爺」有區別）

　　又讀到一封信，這信中「師爺」和「軍師爺」都出現了，前者指陽翰笙，後者是胡喬木。如下

　　　胡風1952年12月12日自北京給梅志信：

　　　昨晚開了會。林、馮、何三位轟了一陣。早料到如此，果然如此。說是下週再開一次，就結束了。下次是胡、邵二位。下次當然要我發言。發言的。以後呢？那就不知道了。不存幻想，當然好辦。如陷在荊棘林中，現在只求早日結束。結束後，看怎麼來罷？師爺①昨晚都出了席，可見隆重。下次開過後再看是否找一找他。後天去與陳談談。爺們也是舉棋不定。現在是否得寸思尺，就很難說了。

　　　今天下午，軍師做報告，三小時以上。有些意思，我十年以前就說過了。有幾處，又說死了，要創作者底的命呢！情形就是如此，難得很的。雖然後面也說到批評不好，組織不好之類，但我看，好不起來，也沒有膽量讓人好起來的。現在，作家之類像堂子，又要玩你又看不起你。而所謂作家呢，又實在很少爭氣的。

　　　①師爺，指胡喬木。

　曉風又注錯了！

wu yongping，您好！不是「軍師爺」，是「軍師」。沒有「軍師爺」之稱。「軍師」較高，如諸葛亮、吳用。「師爺」較低，管帳房文案之類。舒蕪上

先生：您好！（主題詞：軍師爺）

您說得對，「師爺」的地位比「軍師」低得多。

胡風信中用過「軍師爺」這一稱謂，也是指胡喬木。而「師爺」指的是陽翰笙，只用過兩次。

永平上

2007-06-12

先生：您好！（主題詞：在寫一小文）

近日在寫胡風與馮雪峰的一篇小文，起因是《胡風家書》中的這封信。

1937年8月6日胡風自上海給梅志去信：

> 到今天上午，才把全集的工作弄完，人算是輕鬆了許多。計算一下，從去年十一月起，九個月中間，我把五分之二的精力和時間花在了這件工作上面。但報酬呢？到現在只得到一百一十多元，至多還能得到五十餘元而已。然而三花臉先生（馮）還說我藉此出了名，大有認為被我得了了不得的好處似的。

這是胡風稱馮為「三花」的最早的一封信。他們關係惡化似乎是從翻譯事引起，內中還有原因。我想挖掘一下。

永平上

wu yongping，您好！二人關係大可研究，大約反周揚一致，彼此又有矛盾。矛盾根源甚深，翻譯事也許只是導火線吧。舒蕪上

先生：（主題詞：書稿事）

今天下午接到胡玉萍女士電話，她先說很抱歉，近來一直忙，沒有時間看書稿，並說王培元對書稿有興趣，曾經很激動。我就乘勢說，能不能就交給王培元處理。她說可以。我囑她當面向王培元交代一下，她說可以〔註170〕。

永平上

2007-06-14　補注之「三花臉」

先生：小稿請閱。永平

（《「三花臉」——抗戰初期胡風與馮雪峰關係瑣談》）

〔註170〕由於種種原因，此事後未成。

wu yongping，你好！我總覺得根本原因在於兩個口號之爭時，馮命令胡勿再辯論，記得胡文字中有公開表示不滿之語，所以譏諷馮為二丑。其他個人恩怨皆導火線而已。原文加注附還。舒蕪上

舒蕪在如下三段作了批註：

「三花臉」是傳統戲曲行當中「丑」的俗稱，（舒蕪批註：實際是「二丑」「二花臉」，見魯迅《準風月談‧二丑藝術》，胡風誤記為「三花臉」。魯迅原文附在下面。）胡風借用來指代馮雪峰，喻其為 無特操、無定性、反覆無常 的「小丑」。（舒蕪批註：意思是雪峰與周揚有區別，周揚是惡僕，是小丑，雪峰是二丑，複雜得多，骨子裏還是一樣，而且更壞。）這種評價是否恰當，暫且不予置評。他為何如此鄙視馮雪峰，源於何事？起於何時？考證如下。

……

從「馮公」的稱呼來看，胡風此時對馮雪峰仍非常崇敬，（舒蕪批註：此稱呼會不會是反語諷刺呢？）期望能早點見到馮，在其領導下投身文藝救亡運動的「熱流」中去。此時他對協助鹿地譯書的事依然十分上心。

過了一週，7月29日的信中開始出現不諧和音調（舒蕪批註：已經破口大罵，不僅是「不和諧」了），胡風在信中寫道：

……

附帶說一句，胡風在1951年初與梅志的通信中重新以「三花臉」稱呼馮雪峰，歷史的誤會再一次重複。（舒蕪批註：這一次何故？）

先生：您好！（主題詞：意見讀過）

意見讀過，很中肯。

但胡風稱馮雪峰為「三花」，而不稱「二花」，究竟是何原因，還有待商榷。

我在前一稿中曾提到「三花」或許是「二花」之誤。但又想，胡風應該是熟知「二花」典故的，他為何偏要說馮是「三花」呢？

我再以考慮一下，能否把「二花」補充進去。

至於胡馮恩怨起源，與「兩個口號」也許有關係。他在文中也多次談到馮無辦法，只會無原則的調和。但論爭過後，胡還在馮手下做了許多工作，編了幾期「工作和學習叢刊」，雖然有用稿上有爭執，但還沒鬧翻。

目前我認為他們兩人關係的惡化是從「七七」前後開始的，胡風為家庭所累，且要掙錢養家，於是忙於寫稿；而馮則要他做其他的事，多次勸說，胡風都不接受；這樣便越鬧越僵。中間由於他們之間互相不來往，更增添了猜疑，胡風罵馮雪峰，認為他要封鎖他，或許也與這誤會有關。

這稿子還要大改，現在做的只是把史料羅列出來，慢慢再挖掘吧。解放後稱馮為「三花」，沒有寫，是打算放在另一文章（二）中。

永平上

wu yongping，您好！「三花臉」毫無出處，應該是「二花臉」的誤記。正因為熟讀魯迅，以為不必檢對，於是誤記得不到糾正，也是可能。舒蕪上

先生：您好！（主題詞：意見讀過，同意）

可以這樣寫，「三花」既無出處，那就肯定是「二花」之誤了。可以在一開頭就改過來。永平上

wu yongping，您好！可以說明一下，比馮為二丑，主要是指他表面上不與奴隸總管一樣，實則更壞，仇恨已極。舒蕪上

先生：您好！他如此憎恨馮雪峰，實出乎一般研究者的意料。正在修改。永平上

wu yongping，您好！或者，是不是在「二花臉」基礎上創造出「三花臉」，以示其更加詭詐多面，猶如在「丘八」基礎上創造出「丘九」？他這些信，使我也大出意料。回想那晚在張家花園他把我介紹給馮，以及後來馮接納我入人民文學出版社，也許都有可探討。又，「馮公」之稱，恐怕是反語，即使關係好，也不會在家信中尊稱為「公」。舒蕪上

先生：您好！

「三花」是「二花」的發展和變化，對我極有啟發。

在網上查到「三花臉」的來歷與特點，與「二花」的區別僅在於臉譜勾畫大小不同而已。

　　臉譜　三花臉

　　與淨角的面部化妝相比，丑角的化妝面積小，只限於面部中心，故稱小花臉、三花臉。三花臉是與勾整臉的大花臉和勾半截臉（元寶臉）的二花臉相對而言。在丑角的化妝中，覆蓋臉部面積與

角色性格、氣質有關。《望江亭》的楊衙內，《打魚殺家》的教師爺，《十五貫》的婁阿鼠，《秦瓊賣馬》的王老好，《連升店》的店家，《秋江》的艄翁等，身份和性情不同，臉上勾繪粉塊的面積與形狀也不一樣。

　　丑角的面部化妝，除去豆付塊臉、腰子臉和棗核臉等幾種臉譜外，還可以在臉上加繪各色臉紋和其他簡單圖案。如《女起解》劇中的崇公道，《空城計》劇中的老軍，《甘露寺》劇中的喬福，在額頭、眼角、面頰等處，勾若干條白色膚紋，稱曰老三花臉。為強調角色的某些特徵，在人物臉上加繪雜色線紋和圖形，如《四傑村》劇中的瞎子朱彪，在左右眼皮上橫豎抹兩道黑線條，《荷珠配》中的窗戶棱，用藍、白線條在面部勾一「井」字的格形圖案，《打花鼓》劇中的漢於，在面部勾一龜形。此種臉譜叫做「雜臉」。

wu yongping

　　wu yongping，您好！原來「三花臉」是有的，我妄斷為「毫無出處」，謬甚。其實我手頭就有齊如山的《北平懷舊》，其中《談平劇》的「臉譜」一節有云：「又有一種人，心雖陰險，可是真面目又較多一些，如伯嚭等等就是如此。戲中抹這類人的臉，是只抹臉之中間，然必須抹出顴骨之外，看形式其粉塊之狀似一豬腰，所以名為腰子臉，又曰三花臉。崑曲中名曰付，意思副淨的又副者，特用了這個付字，以便與副字有分別。」我沒有拿來查。舒蕪上

　　先生：您好！您查出的這段引文極好，可用於文中。請代查這本書的出版社、出版時間及這段文字的頁碼。永平上

2007-06-15　出版事

　　先生：您好！上午又接到胡玉萍電話，她說兩個原因她無法接手書稿，一是忙，二是把握不住。她說第二個原因是主要的，因為她是編當代小說的，對那段歷史及人物關係很隔膜。我提到能否請外面的人幫忙把關，她說社裏沒有這個規矩。我相信她說的是實話。

　　永平上

　　wu yongping，您好！世事複雜，我們還太簡單。舒蕪上

先生：您好！出版界的鬼名堂，誰也捉摸不透。對我來說，這是家常便飯，早已習慣了。書總有地方出的，東方不亮西方亮。永平上

wu yongping，您好！姚君好意介紹到人民文學出版社，結果如此，平白耽擱半年，他知道麼？舒蕪上

先生：我還沒同姚君說。他的好心也許是一個錯誤，胡玉萍真是編小說的，她不可能出版我這樣的書稿。他會打電話來的，那時我再告訴他。他是中國青年出版社的老人，本可以聯繫中青社，困難的是那個出版社也沒有熟悉現代文學史的編輯。原來那本《隔膜與猜忌》在中青社也耽誤了大半年。

爭取這本書年內在河南大學出版。

前寄的「三花臉」修訂稿也許沒有收到，再寄。

永平

先生：「三花」修改意見收到，容明日再改呈上。永平上

2007-06-16 　關於《七月》半月刊的終刊

先生：再寄一修訂稿。永平

（關於《七月》半月刊的終刊）

先生：您好！（主題詞：七月）

關於七月半月刊的意見，全部接受。

永平上

舒蕪先生寄來對於《「三花臉」——抗戰初期胡風與馮雪峰關係瑣談》的批註及我的反饋：

再其後（11 月以後），馮雪峰又指導胡風不掛名地主編《工作與學習叢刊》（共 4 輯），「發表魯迅遺文，約魯迅晚年接近的重要作家寫稿，藉以擴大魯迅的影響」。通過這些，胡風「魯迅大弟子」的美譽傳揚天下。（舒蕪批註：不必諷刺。）

（我擬改為：通過這些，胡風的「地位」遂進一步為世人所知。）

⋯⋯

信中提到茅盾發起的「集體創作」及「月曜會」的活動，也要稍作補充，這些活動都是在馮雪峰指導下（舒蕪批註：馮能指導茅麼？）進行的

（我的意見：茅盾在回憶錄《我走過的道路》（下）中談到他舉辦上述兩

個活動時都徵求過馮雪峰的意見，得到了他的贊同和支持。「指導」或有不妥，改為「贊同」。）

……

信中提到的三首詩，指的是《為祖國而歌》（作於 8 月 24 日）、《血誓》（作於 8 月 25 日）和《給怯懦者們》（作於 8 月 27 日）。信中提到馮雪峰「封鎖」他，不讓他有發表文章的地方，此事似無可能，（舒蕪批註：推測之辭無力）馮能量再大，也控制不了上海灘上眾多的刊物。

（吳按：改為「此事絕無可能」）

……

該文載 1937 年 8 月 25 日《吶喊》創刊號，是巴金約的稿。信中「我已投稿」，指的就是這篇文章。信中又說馮曾讓黎烈文不要發表這篇文章，此事也似無可能。當時該刊的「編輯人」是茅盾，「發行人」是巴金，馮雪峰與茅盾關係密切，（舒蕪批註：二人關係似乎從來不甚密切）絕不會捨茅盾而去找黎烈文。

（吳擬改為：馮雪峰其時與茅盾走得很近，他絕不會……）（吳注：此事也見於茅盾回憶錄）

wu yongping，您好！第三點「似無可能」，我說「推測之辭無力」，不是指「似」字，是指整個判斷。上海灘上刊物雖多，胡只會投稿於進步刊物，以馮當時身份，對進步刊物能不能控制呢？舒蕪上

先生：您好！我真切地體會到「文章是磨出來的」真義。改如下：

信中提到的三首詩，指的是《為祖國而歌》（作於 8 月 24 日）、《血誓》（作於 8 月 25 日）和《給怯懦者們》（作於 8 月 27 日）。信中提到馮雪峰「封鎖」他，不讓他有發表文章的地方，似無根據。據胡風回憶錄，「八‧一三」後，張仲實（《中華公論》編輯）、茅盾（《吶喊》主編）都發表過他的詩。據茅盾回憶錄，胡風在《吶喊》創刊號上發表的雜感《「做正經事的機會」》（作於 8 月 18 日）的雜感是讓巴金約來的。胡風在上信提到的對馮雪峰的「反攻」，指的就是該文，文中對馮批評他看重「事業」和「地位」事進行了反諷，如下：（略）

永平上

wu yongping，您好！事實比意圖、能力看得見。舒蕪上

先生：您好！據有關史料，胡風當時並未被任何人封鎖得不能發表文章。如果要寫得更清楚一些，應說「馮雪峰根本就沒有這個意圖」，是胡風自己的猜想。

> 胡風回憶錄述：「上海沉浸在抗戰熱潮中，我所接觸到的人都是興奮的。文化文藝界當然有組織活動，但和『民族革命戰爭的大眾文學』口號有關的人們，除了黨員外，好像都沒有被吸收參加。我自己，在興奮中寫起詩來了。只記得，張仲實在編一個文化組織的刊物，來信向我要稿，我寄給了他一首。」（永平注：這個刊物是王志莘、杜佐周、張志讓、張仲實、鄭振鐸等編輯的《中華公論》7月20日創刊，錢亦石主編。生活書店發行。出2期。）

> 胡風回憶錄述：「文學刊物都停了。茅盾代表《文學》邀《中流》《作家》《譯文》（？）等四個刊物，自己籌錢合辦一個小週刊，取名為《吶喊》。把五四時代魯迅的書名作為轟轟烈烈的民族戰爭中的刊名，但到底和時代的感情不大相應，到了第三期，改名《烽火》了。後三個刊物和《文學》原來是各行其是的，現在都由茅盾統一起來了，甚至還要去了我的一首詩。」

此外，他忘記的那篇載於《吶喊》創刊號上的文章，是巴金約的。
永平上

wu yongping，您好！就這樣說明事實上他並未被任何人封鎖，比說馮有沒有封鎖的意圖，有沒有封鎖的能力似乎好些，是不是？舒蕪上

先生：您好！這些材料我手頭都有，怕文章寫長了，不敢寫進去。我考慮怎樣用最簡省的辦法表述吧。永平上

2007-06-17　補注之「父周」

先生：（主題詞：請看附件）

「父周」的修訂，呈上請閱。永平

（《「父周」》重寫稿）

舒蕪先生覆信中對「父周」文有批註，如下：

此時，胡風請求周恩來約見，抱的希望有多大呢？上引胡風1951年11

月 20 日給梅志信中有云：「不存任何幻想，只是，告一個段落而已。」信中的語氣頗讓費振鍾感到驚詫。這封寫於兩年前的家書，語氣甚而下之——「不存什麼幻想，談得通一點算一點，不招反效果就是好的」——不知閱讀者會作何想法。

更為重要的是，在這封首次使用「父周」稱謂的信中，「子周」與「父周」也是對應的。（舒蕪批註：是不是二周密切如父子的意思，不敢妄測。）

還能說胡風把周恩來「視為父親」嗎？（舒蕪批註：恐怕不能。）

先生：（主題詞：父周）

「父周」意見讀過，是點晴之筆。明天再請教。

永平上

wu yongping，您好！（主題詞：建議再改兩處）

《三花》中「不讓他有發表文章的地方，似無根據」，可改為「似非事實」。《子周》末尾「不敢妄測」，可改為「不好臆測」。舒蕪上

2007-06-18 補注之「巨公」

先生：（主題詞：又是一篇改寫的文章。）永平

（「巨公」改寫稿）

舒蕪先生對「巨公」文有批註，如下：

查閱胡風 1950 年 1 月 17 日（信中「昨天」）日記，有「胡喬木來談了一會」的記錄。胡喬木批評他「不該把別人都看做異端」[註171]，更不該在《光榮贊》中把有缺點的同志稱為「人面的動物」、「封建主義私生子」及「敵人的內應」。胡風當時對這個批評並不 在意 （舒蕪按：接受），反而聲稱將在《安魂曲》中進行「猛烈的」反擊。

……

胡風給「巨公」們寄贈「胡風派」的書籍，當然是抱著展示本流派創作實績，印證文藝思想的正確，以改善本流派成員處境的意圖。信中稱「那是和大鬥爭有關的」，揭示了這層意思。

然而，胡風寄贈的著作並沒有得到「巨公」的 青眼相看 （舒蕪按：好評）。當年，王元化在華東局宣傳部工作，他回憶道：「馮定（華東局宣傳部副

〔註171〕《胡風全集》第 6 卷，第 117 頁。

部長）和我談話時，向我嚴肅地說，毛主席把胡風的全部著作都讀過了，認為胡風是反馬克思主義的，叫我劃清界線。我聽了震動極大。」（《我和胡風二三事》）但王元化並沒有及時地把這個信息透露給胡風，胡風在其後的幾年中依然不斷地給「巨公」們寄贈書籍。

先生：您好！（主題詞：文章照改）

「巨公」文兩處修改都很妥當，照改。下一篇想寫「胡風解放初為何不願在上海任職」。或者開始再事修改書稿，交河南。

永平上

wu yongping，您好！是不是把河南事為主？小文插著寫。舒蕪上

2007-06-22

wu yongping，您好！（主題詞：《夏志清的黑白思維和情緒著史》，可以一看。）舒蕪上

（李劼《夏志清的黑白思維和情緒著史》）

先生：李劼談夏志清文讀了，同意他的某些說法。夏政治觀念過強，這是誰都看得出來的。情緒，也許可以解讀為偏好。他喜歡張愛玲，這是他個人的自由。他的文學史有個性，大概也是由這個性或偏好決定的。比較國內，倒是不允許這類具有個性的文學史研究出來。永平上

wu yongping，您好！學術研究中發揮個性與力求眾信的矛盾是難以處理的老問題。舒蕪上

2007-06-25 書稿改竣

先生：（主題詞：書稿改完）

書稿已看過兩遍，能看出的問題都改了。暫時沒有寄給河南大學，我還想等等其他方面的回音。永平上

2007-06-27

先生：您好！（主題詞：官司和書稿）

官司取得結果，經長江文藝出版社調解，對方同意賠償，條件是我不在媒體發表文章。我同意了，官司打不得，曠日持久，耽誤了很多時間。只得這樣算了。

書稿還未寄出，近日把《胡風家書》中的一些有關信件補充進去，作為注釋，以增加可信度，這項工作大概幾天內可以完成。完成後即寄給河南。爭取年內出版。你看，這樣可行嗎？

　　永平上

wu yongping，您好！只有這樣了。增加注釋不影響篇幅麼？舒蕪上

2007-06-30　胡風家書補注起筆，第二集第 7～13 信補注

wu yongping，您好！（主題詞：關於周作人研究）舒蕪上

（附件中是兩封信，錄如下：）

　　迎飛女士，您好！周作人研究現在還是寂寞的事業。我當時的議論，只是順應著當時思想解放的語境，又發表在大家注意的刊物上，才起到一點作用。二十年來已經多次被當作替漢奸翻案者，挨過誅心之罵，又因為論證周氏並非「奉命落水」，而為周氏家人所不滿，兩面不討好。年力日衰，再寫不出研究文章，只有寄希望於您這樣沒有舊負擔的年輕學者了。舒蕪上

　　舒蕪先生：您好！

　　大作收到，謝謝！先生所言極是。周作人研究的深度和廣度不能與魯迅相比，所以，社會上及學界不時有關於周作人方面的不實說法，似也不足為奇，只是有關周作人的話題老是圍繞著兄弟失和、附逆落水等，讓人覺得十分遺憾。現在的文學史教學中，給周作人的篇幅仍然偏少，幾乎沒有專章或專節的論述，不僅不能與魯迅相比，而且遠不能與郭沫若、茅盾、老舍、巴金、曹禺等相比。正因此，我始終覺得先生二十多年前關於周氏兄弟的評價不僅十分重要、而且非常難得。這種話，也只有先生說出，才會在社會上產生重大影響，可以說奠定了周作人研究的價值基礎，這是非常非常重要的貢獻。先生十分謙遜，尤其是對晚輩，我這樣說是發自內心的，也是理智的，希望先生不要見怪。還望先生多賜教，有好文章，也煩請先生賜我一閱。謝謝！

　　即此，恭祝

　　健康，快樂！

　　哈迎飛敬

6 月 30 日

先生：（主題詞：新想法）

寄上胡風家書補注的前幾段。

我想以這個書名來寫，還想換個寫法，每段只寫幾百字，而且不攀扯，只就事論事。

不知是否妥當，請提意見。

書稿已寄河南，未收到覆信，那編輯也許出差了。

永平上

（附件中是第二集第 7、11、12、13 信的補注〔註 172〕。略，吳注）

舒蕪先生對第 7 信補注有批註：

胡風因「四條漢子」的舊怨與夏衍不和，又因《大魯迅全集》事與馮雪峰鬧矛盾，沒有參加夏衍組織的「集體創作」與茅盾組織的「月曜會」。他在該信中把未能參加救亡活動的責任歸咎於馮雪峰，認為馮（「三花臉先生」）對他進行「封鎖」，似乎並沒有什麼道理。（舒蕪批註：何以知其沒有「封鎖」？在許女士家見到，不等於沒有封鎖。）

wu yongping，您好！這樣寫法，我看好的。舒蕪上

2007-07-02　第二集第 15～20 信補注

先生：寄上胡風家書補注續，請正。永平上

（附件中是第二集第 15～20 信的補注。略，吳注）

舒蕪先生對第 15 信補注有批註：

信中最值得注意的是「我要獨立地做一點事情看看」這句話。魯迅逝世後，（舒蕪批註：魯迅逝世前，兩個口號之爭時，胡風就在雪峰領導下。但我一直沒有弄清這所謂「領導」是不是嚴格組織意義上的領導？胡風並非黨員，何以在雪峰領導下？）胡風曾一度在馮雪峰領導下工作，在編輯《工作與學習》叢刊的過程中，他與馮有分歧，曾當面提出過意見，「但他不置可否」，胡風考慮到「他是黨的負責人」而「不能不服從」。「八·一三」前後，他又與馮雪峰鬧了不少意見（誤會），弄得很憋氣。《七月》週刊沒有馮的介入，應該算

〔註 172〕鑒於《胡風家書》第一集所收信件皆與當事人私事戀情有關，故捨去，未作補注。

是他在「獨立」的道路上走出的一小步，而去武漢與熊子民合辦「雜誌和書店」，則是「獨立」的一大步了。

舒蕪先生對第 17 信補注有批註：

新刊延誤了一天，於 10 月 16 日面世，不叫《戰火文藝》，而稱《七月》半月刊，刊期也是另起，創刊號為第 1 集第 1 期。原來，新刊在登記過程中遇到了一些麻煩，《戰火文藝》在市府登記時是獲准了的，卻突然被省府駁回。據梅志回憶，胡風曾與友人金宗武、李書城、潘怡如等商量解決辦法，並與馮乃超夫婦一起「去市府疏通」，終於得到解決。李書城是同盟會元老，潘怡如與湖北省主席何雪竹（舒蕪批註：何成濬是名，雪竹是字。此處稱名為宜。）有親戚關係，金宗武是李書城的連襟，馮乃超是李書城的女婿。

2007-07-03

先生：您好！上午開會去了，剛回來。

昨天家書補注的意見如下：

他在該信中把未能參加救亡活動的責任歸咎於馮雪峰，認為馮（「三花臉先生」）對他進行「封鎖」，似乎並沒有什麼道理。（舒蕪批註：何以知其沒有「封鎖」？在許女士家見到，不等於沒有封鎖。）

改為：他在該信中把未能參加救亡活動的責任歸咎於馮雪峰，認為馮（「三花臉先生」）對他進行「封鎖」。

後面都刪去，採取不深究的態度。

永平上

wu yongping，您好！這樣嚴謹的態度好。但是粗心的讀者或者又會覺得不過癮，那也沒有辦法。舒蕪上

wu yongping，你好！（主題詞：胡風與雪峰）

這幾條補注，我看得有所得。我對胡、馮關係原有總的看法：口號的共同制定者，同受周揚打擊者，反右時有人批判云「過去說胡是馮派，現在馮是胡派」，胡來北京買屋馮借錢給他，等等。不知道胡在家書中那麼痛罵，那麼怨怨而友其人。一般讀者若沒有這樣總的看法，對一條條補注將不懂為什麼要注。是不是要歸納起來寫一篇《胡風與雪峰》，不分條寫。請酌。方管

2007-07-04　第 21～27 信補注

先生：再寄家書補注三則，請正。永平

　　21－1937 年 11 月 13 日自武漢（補注略，吳注）

　　23－1937 年 11 月 21 日自武漢（補注略，吳注）

　　24－1937 年 11 月 27 日自武漢（補注略，吳注）

　　舒蕪先生對第 21 信有批註：

　　按照正常的週期，《七月》半月刊第 3 期應於 11 月 16 日出版。胡風於 11 月 12 日凌晨返漢，馬上統稿交付印刷也許還來得及，可是稿件只籌了一半，脫期是不可避免了。根據胡風 11 月 21 日家書「第三期脫期四天」的說法，可確定第 3 期實際出版時間為 11 月 20 日。四川社會科學院編《抗戰文藝報刊篇目彙編》仍標為「11 月 16 日出版」，誤。（舒蕪批註：原刊上大概就是那麼標的，不會標為 11 月 20 日。）

　　為了 籌 湊齊稿件，胡風還違心地採用了 非同人 的（舒蕪批註：回憶錄只說那劇本如何不好，與「同人」與否沒有關係。只要根據周文的信證明他的藝術判斷不對就可以了，不必作誅心之論。）稿件，其中有劇作家洗群的劇本《反正》。

　　先生：再寄補注三則請正。永平

　　25－1938 年 2 月 3 日自武漢（補注略，吳注）

　　26－1938 年 2 月 7 日自武漢（補注略，吳注）

　　27－1938 年 2 月 15 日自武漢（補注略，吳注）

　　舒蕪先生對第 25 信的批註及我的反饋：

　　根據胡風的回憶，當時找他談話、勸他去山西臨汾的是博古。這樣的談話也許在年初就曾有過一次，即中共長江局文委動員「七月社」同人 （舒蕪批註：七月社並無有形的組織，誰是不是「同人」難說。或者說接近胡風的人，或者說《七月》的基本作者。）蕭軍、蕭紅、聶紺弩、艾青、田間、端木蕻良等接受薄一波邀請赴山西任教之時。他當時沒有去，這次便又被動員，有關方面的口氣似乎較婉轉，說是「頂好到臨汾去」，骨子裏卻很強硬，「由你自己決定」！胡風那時的心情當然不會「泰然」，信中指責王明等「不講道理」及「由它去罷」，便是佐證。

　　（修改：「七月社」同人，改為《七月》的基本作者。）

……

胡風能頂住來自「自己」方面的壓力，得力於周恩來秘書吳奚如和他「站在一起」。周恩來（時任長江局副書記）的批評博古，也應與吳奚如的及時彙報請示有關。（舒蕪批註：博古受周批評，胡風只是「聽說」，可靠否？）

（吳注：關於周恩來批評博古事，胡風寫進了萬言書，「聽說」沒有旁證，不見於吳奚如回憶。）

舒蕪先生對第 26 信的批註及我的反饋：

胡風晚年撰寫回憶錄時，否認曾接受「國際宣傳處」的職位。他寫道：

> 「到武漢以後，由於客觀的情況，不可能不和對敵宣傳工作發
> 生一些直接間接的關係。在上海認識的崔萬秋，這時在國民黨中宣
> 部國際宣傳處對敵宣傳科負責。他這個對敵宣傳工作無法做，幾次
> 拉我去幫忙。我雖然有從職業取得生活補助費的必要，但一則時間
> 不允許，再則，我也沒有方法沒有能力做這個宣傳工作。只好拒絕
> 了。」〔註173〕

然而，參看上面引述的家書，可知其回憶有誤。（舒蕪批註：看下面的材料，其事「後來不成功」，則實際沒有去，回憶說成「拒絕」而已。）

（修改：然而，參看上面引述的家書，可知其回憶中「只好拒絕」的說法有誤。）

2007-07-05　第 28～34 信補注

先生：您好！剛去院裏開會回來。永平上

　　意見及修改如下：（參看昨日信，略）

wu yongping，您好！覺得所改均妥。舒蕪上

先生：再寄三則補注，請正。永平

　　28－1938 年 2 月 21 日自武漢

　　29－1938 年 2 月 28 日自武漢

　　30－1938 年 3 月 8 日自武漢

舒蕪先生對第 28 信有批註：

信中的「恩」是胡風大哥的獨子張恩。抗戰爆發之前他就住在上海胡風

〔註173〕《胡風回憶錄》，全集第 7 卷。

家裏，補習功課準備報考杭州醫專。全面抗戰爆發後，他曾讓胡風介紹去延安求學，因「名額早滿」而未果〔註174〕。此次是與三位同鄉青年一起去山西報考「西北抗日青年訓練班」（後改為「青年訓練學校」），胡風很支持，並寫信給已在臨汾的朋友們照顧他。（舒蕪批註：臨汾有一個民族革命大學，同時還有一個西北抗日青年訓練班麼？過去沒有聽說過，只知道安吳有個「西北青年抗日救國訓練班」，簡稱「西青救」，馮文彬、胡喬木主持。張恩為什麼不投考民族革命大學呢？這不是意見，只是不瞭解。）

先生：（主題詞：重大修改）

　　張恩事是我錯了。查胡風回憶錄，有如下一段：「隨著抗戰的發展，激起了他年輕人的熱情，掙脫了個人的苦惱和家庭的束縛，跑到武漢來找我。我介紹他去民族革命大學，希望他能有機會一面學習一面參加實際工作。可惜到那兒沒幾天，臨汾吃緊，他隨學校撤退，又走散了，擠上一輛軍車仍回到了武漢。」

　　「青年訓練學校」是民族革命大學後來的改名。

　　永平上

　　wu yongping，您好！增加了一個新知識，改的名字從來不知道，大概因為蕭軍他們走散後的事沒有人寫過。舒蕪上

先生：再寄補注數則請教。永平

　　31－1938 年 3 月 11 日自武漢

　　32－1938 年 3 月 16 日／17 日自武漢

　　33－1938 年 3 月 18 日自武漢

　　34－1938 年 7 月 3 日自武漢

yongping，您好！只第三頁有個筆誤字。舒蕪

　　（第 33 信補注中「宗白華」誤打成「宋白華」，吳注）

2007-07-06　第 35、36 信補注

先生：（主題詞：二蕭分手）

　　兩蕭事，其實還有餘波。見於如下書信

　　蕭軍 1938 年 3 月 24 日自延安給胡風信：「我於三月二十日到延安，二月

〔註174〕胡風 1937 年 11 月 16 日致梅志信。

廿六日從臨汾隨學校退出，這近乎一月中盡在跑路和躲炸彈了。還算平安，居然到了此地。於此地大約可停留一兩月左右，待蕭紅到此，再作行止。」

如今有人寫兩蕭關係，說一個要去打游擊，一個要去城市搞文化，所以分手。從信中來看，根本就不是那回事。蕭軍沒有打游擊的打算，只是去延安看看，他在延安等蕭紅來再定行止。此時，兩人還未分手。

永平上

wu yongping，您好！看來二蕭分手情況還大有可探究的餘地。聶紺弩的回憶也不全準確。當時二蕭對延安的看法態度究竟如何，值得研究。舒蕪上

先生：您好！兩蕭分手事存在著不少謎團，我可能沒有時間來破解了。永平上

wu yongping，您好！叫您的研究生做吧。舒蕪上

先生：補注二則請正。永平

35－1938 年 7 月 10 日／11 日自武漢

36－1938 年 7 月 18 日自武漢

舒蕪先生對第 36 信補注有批註：

信中「創造社的暗箭」云云，是解讀這封家書的關鍵。胡風認為郭沫若近期發表的《抗戰與文化問題》（載 1938 年 6 月 20 日《自由中國》第 3 號）及三廳擬聘老舍為「設計委員」事，都是原創造社成員為扼殺《七月》而採取的舉措。前面已談到，1938 年 1 月初長江局文委曾動員《七月》基本作者蕭軍、蕭紅、聶紺弩、艾青、田間、端木蕻良等去山西臨汾民族革命大學任教，主其事者是原創造社成員、時任長江局文委成員的馮乃超；1938 年 2 月長江局幾位領導找找熊子民談話不讓他再當《七月》的「發行人」，主其事者是原創造社「小夥計」、時任「八辦」負責人之一潘漢年。1938 年 4 月政治部三廳的組建及中華文協領導班子的構成，也使得胡風有欲忍不能的理由：原創造社成員在這兩個機構中都居於領導地位，郭沫若任三廳廳長，陽翰笙任主任秘書，田漢任第六處處長，（舒蕪批註：田漢是創造社麼？）

馮乃超任第七處第三科科長；郁達夫出任中華文協研究部部長（同時被聘為「政治部設計委員」）。而「七月派」的領軍者胡風則非但沒有進入三廳這個「名人內閣」（舒蕪批註：？），沒有被聘為「設計委員」，在中華文協中

也僅任研究部副部長。

2007-07-07　第 37～45 信補注

先生：您好！寄上補注數則，最後一則似乎很重要，請閱示。

　　永平上

　　37－1938 年 7 月 25 日自武漢（補注略，吳注）

　　38－1938 年 7 月 30 日自武漢（補注略，吳注）

　　39－1938 年 8 月 7 日自武漢（補注略，吳注）

　　40－1938 年 8 月 15 日自武漢（補注略，吳注）

　　42－1938 年 8 月 22 日自武漢（補注略，吳注）

　　44－1938 年 8 月 27 日自武漢（補注略，吳注）

　　45－1938 年 9 月 6 日自武漢（補注略，吳注）

wu yongping，您好！最後一則的確很重要。舒蕪上

舒蕪先生對第 38 信的批註：

胡風還想在武漢把《七月》繼續出下去，實際上已不可能了。七月社 同人（舒蕪批註：基本撰稿人）已如勞燕分飛，蕭軍去了成都，聶紺弩早到安徽（新四軍），歐陽凡海已去桂林，艾青夫婦已下湖南，端木、蕭紅夫婦將西去重慶。

舒蕪先生對第 40 信的批註：

從信中「我自己有幾條路」來看，長江局已經正式和他談過話。（舒蕪批註：從信中看不出是「談過話」的結果。）長江局給他指明 的是兩條路：延安或浙江。他自己保留了一條路：鄂西。

舒蕪先生對第 45 信的批註：

在這關鍵時刻，胡風幸好多了一個心眼，他及時地託熊子民去徵詢了「八辦」的意見，八辦 的答覆（舒蕪批註：上面信中是自己的話，並沒有說這是「八辦」的明確答覆。）非常明確：「不乾淨的地方底錢不能拿。」他於是趕緊將這筆錢退給了楊玉清。

胡風信中所提到的「經濟封鎖」，按照他的理解，實際上指的是政黨中人逼迫或誘使他服從的一種手段。「八・一三」淞滬抗戰時，他抱怨中共「上海辦事處」副主任馮雪峰「封鎖」得他無處發表文章而自己卻「拿冤枉錢」，其

實是拒絕聽命於政黨的一種曲折表示。三廳成立之後，長江局主要領導不給他「設計委員」的職位，其實是對他拒絕服從安排的薄懲。月前，長江局又建議（舒蕪批註：上面沒有說是長江局的建議。）他去延安「魯藝」或安徽新四軍任職，並答應他「每月可以寄家用津貼」〔註175〕，這大概可稱得上是「殊遇」了，但胡風仍下不了決心。解放初有傳言說胡風抗戰初期曾向中共長江局要「要求過高爾基的待遇云」〔註176〕，其根源大概就在此時此事。（舒蕪批註：「高爾基待遇」是指解放後要他做文藝報主編等三個職位他都不接受而言，所以說他要求高爾基那樣的「國師」地位，不僅指第三廳設計委員之類的地位而已。）

　　……

　　胡風要求在政府機關「掛名拿錢」以便「好好做自己的事」的期盼，幾乎成了他的思維定勢之一。1939 年 12 月抵達重慶後，他又與崔萬秋取得聯繫，就任「國際宣傳處特派員」一職，月薪 160 元〔註177〕，任職至 1940 年 6 月底。當年 10 月三廳撤銷後組建「文化工作委員會」，周恩來將他安排為「專任委員」，解決了他的生活問題，任職至 1945 年 4 月文工會解散。（舒蕪批註：他從香港回重慶之初，蔣介石也做統戰工作，召見一批從香港回來的左翼文化人，他在其中。此事路翎告我，他的日記傳記中談到否？）

先生：（主題詞：先回覆兩點）

　　收到意見，因為很重要，要思考一下，明日再詳覆。

　　只談兩個問題：

　　其一「高爾基待遇」，此事也見於《胡風家書》1951 年 11 月 4 日信，他是這麼寫的：

> 「昨天到老轟家玩了一晚。聽老轟說，今冬明春，會發動一個對我的攻勢。老轟也以為不是理論問題，他曾聽說我向董老（武漢時候）要求過高爾基的待遇云。你看，就是這樣暗無天日！」

足證這個傳言說的就是武漢時期的事情。

　　其二，蔣介石接見胡風事。此事不見於書信，只見於胡風回憶錄，當時作為「宣慰使」去桂林召回文化人的是劉百閔。蔣約見胡風事，也有劉的作

〔註175〕參看 1938 年 8 月 15 日胡風家書。
〔註176〕參看 1951 年 11 月 4 日胡風家書。
〔註177〕參看《胡風全集》第 7 卷，第 425 頁。

用。胡風回憶錄有記載：

> 「我同 M 去拜訪郭沫若夫婦，又到了文協。外出中，劉百閔派代表熊自明來，留下了蔣介石接見來賓調查表。」

接見過程如下：

> 5 月 13 日下午三時到中宣部會齊。有茅盾、我、沈志遠和錢納水（有人說共五人，但另一人我記不起來了）。張道藩引我們乘兩部汽車到上清寺某巷蔣的住處（？）。是個別接見。張道藩招呼我進去後，輕聲地向蔣說了些什麼，當是介紹姓名吧。握手後，坐在和蔣隔著小圓桌的單人沙發上。張道藩在靠著蔣的那邊長沙發上坐半邊屁股，手上還拿著一小本做記錄。蔣介石先問是什麼地方人，懂哪種外文，在哪裏留學，等。我說：「在日本留過學。」他說：「是帝大？」我說：「是慶應。」他「噢」了一聲，停了一下，說：「慶應是名牌大學啊！好的，好的。」又問我對日本的看法。我回答的大意是，日本是外強中乾的，以體育為例，球賽吸引著青少年像著了魔似的，但那只能使他們不關心政治，達到愚民教育的結果，在愚民教育下的國民，雖能被反動政治玩弄於一時，並不能使反動政治最終達到目的。他聽了沒有再問什麼，接著，輕聲地說了一句：「為國家，啊……」點點頭。我以為到此就完了，站了起來，他也站了起來。再握一握手，我轉身走了出來。總共不過兩三分鐘。

其餘明天再寫。

永平上

wu yongping，您好！高爾基待遇事是我一直誤會了。舒蕪上

先生：您好！（主題詞：高爾基待遇問題）

胡風要求中共給他高爾基待遇，大概有兩方面的含義：一是經濟上的要求，二是一定程度的人身自由。三廳設計委員屬於經濟上的要求，不服從去山西、延安、安徽的安排則是要求人身「自由」。文藝思想上的分歧與這相比，實在並不算什麼，至少在武漢時期是這樣。

明天再談修改事。

永平上

wu yongping，您好！（主題詞：高爾基待遇問題）

我一向的理解，實際上是要求「魯迅待遇」，即以非黨員而為文壇領袖，「你管政治，我管文藝。」不止是要求「人身自由」。他自己是不是這樣想，不能斷言，至少胡派人物是想拿這件「黃袍」加於主公之身的。舒蕪上

2007-07-08　第46～48信補注

先生：您好！（主題詞：三則請正）

寄上武漢時期最後三則補注請正。後面馬上就到了1949年，抗戰中後期無家書。

武漢近日太熱，開空調怕感冒，不開又受不了。

永平上

46－1938年9月10日／11日自武漢（略）

47－1938年9月13日自武漢（略）

48－1938年9月21日自武漢（略）

wu yongping，您好！只第一頁有一處文字上的小斟酌。北京也熱，但比武漢恐怕好得多。舒蕪上

（第46信補注中一句：「信中提到近幾天他『又遇著了一件不愉快的事情』，其事不可考。」舒蕪先生建議改為「待考」。吳注）

先生：您好！（主題詞：高爾基待遇問題）

關於胡風所要求的「高爾基待遇」，是直接參照蘇聯的。物質待遇、政治地位的優待，個人的相對自由（不參加黨）。當然，其核心就是「你管政治，我管文藝」。之所以不稱「魯迅待遇」，因為魯迅從未向政黨要求過物質和地位，這點上，胡風與魯迅有極大差異。

胡風家書解放後部分表現得更加分明，多處直接談到「入黨」問題，反覆糾纏，超出了所有人的想像。

這個心結，將成為解讀解放後家書的重點。

永平上

wu yongping，您好！（主題詞：高爾基待遇問題）

是的，魯迅從來沒有要求地位。但當時黨命令部下擁戴魯迅作左聯領袖，魯迅雖與奴隸總管矛盾，但仍接受雪峰提請他署名發表罵托派公開信的

任務，陳獨秀因而諷刺魯迅是對黨「感恩圖報」如吳稚暉之對國民黨。胡是要求黨讓他繼承魯迅地位，實行「你管政治，我管文藝」。不稱魯迅而稱高爾基者，魯迅在世時黨還沒有成為全國執政黨也。要求，是胡對黨的要求，不是魯迅對黨的要求。解放後才看到這個要求太不現實，才一轉而迫切要求入黨。是不是這樣？舒蕪上

　　先生：寄上第 45 信「高爾基」一則補注的修改稿，請正。永平上

　　舒蕪先生對第 45 信補注修訂稿的批註：

　　從信中「我自己有幾條路」一段來看，長江局已經正式和他談過話了，「要我去」即是證明。他們給出了兩個建議：延安的魯藝（這是舊話重提）或安徽新四軍某部宣傳部長（這是上信提到的「到浙江新四軍當個什麼長」的明確化）。給予的條件非常優厚，允寄（即允發）「家用津貼」。他自己卻另有打算：去重慶辦《七月》或去鄂西與妻兒家人團聚。信中「我想向西邊走，很想向西邊走呀」云云，充分表達出這一願望的強烈性。

　　　（舒蕪批註：事實上當然只能是長江局和他談過，這個沒有問題。我是說單從「文本」上看不出這樣說的根據。為謹嚴起見，是不是加上理性判斷之詞？）

2007-07-09　第三集「南京」第 1、2 信補注

先生：寄上《胡風家書》第三集「南京」補注，兩則。永平

　　第三集南京「題注」（補注略，吳）

　　1－1947 年 6 月 22 日自南京（補注略，吳）

　　2－1947 年 6 月 24 日自南京（補注略，吳）

　　舒蕪先生對「第三集南京題注」有批註：

　　胡風於 6 月 21 日特意從上海趕來觀看首演，據路翎回憶，他「接連觀看了四場，抑制不住由衷的喜愛。」在南京期間，胡風會了許多朋友，並去 國民黨內政部 （舒蕪批註：內政部不是國民黨的，是國民政府的。或稱為「國民黨政府」也可。）辦理刊物登記手續〔註 178〕。

〔註 178〕胡風在回憶錄中寫道：「我這次去南京，還有一件事。我想再編一個刊物。過去在重慶發的《希望》登記證，早就無效了，現在必須在國民黨內政部重新登記。我去內政部拿了登記證，又跑到警察總署，想找個負責人談談。但沒人接見，只好留下登記證走了。」《胡風全集》第 7 卷，第 685 頁。

舒蕪先生對第 2 信有批註：

胡風在信中提到青年朋友化鐵（劉德馨）、冀汸（陳性忠）都來觀看了首演。化鐵在回憶文章中談到這件事，並說舒蕪（其時在徐州的江蘇學院任教）也恭逢其盛，他寫道：

> 1947 年《雲雀》在南京首演。他們（指胡風和舒蕪）在路翎處見面時，舒蕪表現了一種清高的、不屑與談的態度，曾使我大為驚訝！所謂裂痕，並不是到了 1955 年，而是一開始，1945 年就存在。那天夜裏，在座的人們為《雲雀》的劇本與演出提出了些意見。但舒蕪是一言不發，與夫人一起冷冷地坐在遠離人群的地方，鯁直的胡風並沒有覺察，倒是路翎注意到了。「你看！」他對我說：「那兩口子在角落裏談戀愛呢！」〔註179〕

其實，舒蕪並沒有前來觀看首演，他那時還沒有結婚，當然也就不會有「夫人」。（舒蕪批註：雖未結婚，但已訂婚，稱「夫人」也可以。）化鐵的繪聲繪色的回憶，當屬年久失記罷。（舒蕪批註：最直接的證據是胡風家信中曆數每天來會的時在南京的青年友人，一處也沒有提到舒蕪。）

2007-07-11

先生：您好！請教一個問題。

姚雪垠早年（1930 年）參加過「反帝大同盟」，抗戰時期在大學斷續地教過兩年書，解放初（1949）在大夏大學執教，後來評工資，他的工齡從 1949 年算起。

如今，有人為他抱不平，認為他的工齡應該從 1930 年算起，理由是他「參加了革命」。

我不瞭解此類事情。您的意見如何？

又請問，您的工齡是從哪年算起的？

永平上

wu yongping，您好！所謂「參加革命」，有兩個界線，一是是否入黨，二是否在開國大典前參加黨所領導的工作和職業，界限這邊是離休，那邊是退休。離休：1. 在已解放地區任公職的。所以公立大學教授只有北京的能算離

〔註179〕化鐵：《逆溫層下》，收《我與胡風——胡風事件三十七人回憶》，第 708～709 頁。

休，因為開國大典前北京已經解放。2. 解放前入黨的。3. 在國統區地下黨領導的進步機構如生活書店工作連續未斷的。（國統區黨所領導的進步群眾團體如左聯、反帝大同盟都不算。）4. 個人在國統區直接接受地下黨布置做了某項革命工作而有證明的。退休：其他一律算退休。我也從 1949 年算起。姚先生在大夏大學教書時，是在開國大典前否？當時該校是公立否？如果當時該校已經被軍管會接管，時間又在開國大典前，那麼他的工齡還是只能從 1949 算起，但可以算離休。舒蕪上

2007-07-16

wu yongping，你好！（主題詞：舒蕪問候）

　　武漢熱得厲害吧？身體如何？數日未接信，甚念。

　　方管

先生：您好！為這篇書評費了一週時間，終於寫成了，但嫌太長。

　　請看看。永平上

　　（附件：《一部嚴重失實的傳記》）

2007-07-17

先生：您好！（主題詞：問候）

　　昨天寄一信，剛才又重寄了。寄的是書評，寫了一週。

　　武漢這幾天多雨，不太熱了，只是悶，空氣濕度太大的緣故。

　　又可以寫《胡風家書補注》了。

　　永平上

wu yongping，您好！（主題詞：舒蕪回過信）

　　我回了信說大作拜讀，沒有什麼意見，怎麼沒有收到。舒蕪上

wu yongping，您好！大作拜讀，沒有什麼意見。近作文二篇附呈請教。舒蕪上

　　（附件：《忘卻的紀念》和《「家學」雜憶》）

先生：您好！（主題詞：收到大作兩篇）

　　收到惠寄的大作兩篇，容下午細讀後再覆。

　　我正在續寫《胡風家書補注》，今天大概不會有進展。

　　永平上

先生：（主題詞：忘卻的紀念）

　　讀《忘卻的紀念》，感覺很好。李銀河是當今熱門話題，你從公共知識分子的社會批判責任這個角度來談，很有力。

　　文中只有兩個別字：「選了三十一位女作家的三十六篇中短騙小說」中的「騙（篇）」，「動動輒就是『作風問題』的帽子」多了一個「動」。

　　永平上

2007-07-18　第四集第1～4信補注

先生：（主題詞：讀《「家學」雜憶》）

　　讀《「家學」雜憶》，長了不少見識，更難得是受到了傳統文化的系統化理論化教育。這樣的文章，如今能寫的人不多了，希望您能多寫。

　　「家大舍小令他人」，何其簡明扼要。

　　文中有一個別字，「武昌張浴釗」，應為武昌張裕釗。又有一個冗字「劉劉大櫆」，多了一個「劉」。

　　永平上

先生：您好！

　　書評回覆早收到，昨天已寄給朋友，讓找個報紙或刊物發表。

　　永平上

先生：補注三則請正。永平

　　第四集香港一天津一北平

　　1－1949年1月5日自香港

　　2－1949年3月10日自天津

　　3－1949年4月1日自北平

wu yongping，您好！（主題詞：說明）

　　三則拜讀。補注是無者補之，略者詳之，誤者正之，目的是揭露真相。這三則似乎看不出多大重要性，看不出原注怎樣不好不夠。舒蕪上

　　先生：您好。這三則只是為後來的事情作一鋪墊，如周在李家莊與胡風的談話，後來被胡風作為周揚等不執行周恩來指示的一個證據。

　　再寄的讀大作後的感想，收到了嗎？

　　永平上

wu yongping，您好！三則的目的明白了。對拙作的感想第一次就收到，過獎了。你那裡退回，我這裡實際上收到，往往有這樣情況。舒蕪上

先生：您好！收到《談「破」字當頭》，已讀過原稿，如今再讀，感覺依然很好。提倡讓人把話說完，看起來容易，做起來其實很難。永平上

wu yongping，你好！小文一篇頃已在《隨筆》雜誌今年第四期發表，請正。舒蕪上

（注：《讓人家把話說完》）

先生：您好！信能全數收到，我就放心了。

所寫補注，都是未定稿。寫完後，還要回頭再看，或增或刪，沒有一定的。

永平上

先生：一則請正。永平

4－1949 年 4 月 19 日／26 日自北平

wu yongping，您好！沒有不同意見。舒蕪上

2007-07-19　第 5～6 信補注

先生：您好！又寄上補注二則。作這種事有點枯燥，只當是《胡風評傳》的準備吧，我遲早要寫這本書的。

永平上

5－1949 年 5 月 10 日自北平

6－1949 年 5 月 27 日自北平

Wu：對二則沒有什麼意見。舒蕪上

先生：您好！為什麼沒有意見呢？是否認為這樣寫沒有必要，不妨直說。或者我換個寫法？

永平上

wu yongping，您好！不是有意見不直說。所有意見都是關於事實出入或措辭斟酌的。最近幾則，事皆我所不知，措辭也都很平和穩妥，所以提不出什麼不同意見。舒蕪上

舒蕪先生寄來《國家的敵人……》《關於吳回憶錄》《吳法憲回憶錄》等網文。

2007-07-21 第12～15信補注

先生：補注四則請正。永平上

　　12－1949年6月20日／21日自北平

　　13－1949年6月28日自平

　　14－1949年6月30日自北平

　　15－1949年7月6日自北平

wu yongping，你好！還是沒有不同意見，只有一處人名多出一個。舒蕪上

　　（27～28日，他與 *綠原*、路翎、綠原等多次見面，暢談了「解放後的情形」。）

先生：您好！再寄兩則補注，第一次文代會期間的家書完成。以後的一部分為胡風出席首屆政協會議時的家書了。

　　永平上

　　16－1949年7月12日自北平

　　17－1949年7月20日自北平

　　舒蕪先生對第16信的補注有批註：

> 　　「對於期待了半生的這新社會，我們愉快，從這產生的任何話可以對任何人說。但為了更好，當然會有一些小的見解，但這只能對極可信任的老朋友說，否則，會引起誤會的。這就是集體生活，我要你注意的就是這一點。再，不要和那些黨派人如秦德君之類往來，值不得。地址，寫信告訴她就行了。」

　　（舒蕪批註：既然只是「小的見解」，又為什麼只能對極可信任的老朋友說，此是矛盾之辭也。）

　　……

　　「《螞蟻》」指《螞蟻小集》第7輯《中國，你笑吧》，胡風於7月11日收到該刊，評價不高。「《泡沫》」為該期所載路翎的短篇小說，內容不詳，不知胡風為何對該小說評價甚低。「《橫眉》」指的是該刊主要作者滿濤、方典（王元化）等，胡風認為化鐵與他們交往有好處。

（舒蕪批註：這個似乎很重要，最好找出那小說來看看。）

先生：您好！收到意見。

第一處：您指出：既然只是「小的見解」，又為什麼只能對極可信任的老朋友說，此是矛盾之辭也。

我理解，胡風整句話的意思是對新社會只能說好話，不能說壞話，信中不能明確表達，於是顯得矛盾。我不能點破，恐被人譏為「穿鑿」。打算改為：

信中提到「集體生活」的原則，態度相當謹慎。所謂「愉快」的話「可以對任何人說」，「小的見解」則只能與「極可信任的老朋友說」，是謹慎到了極致的表現。信末還提到不願與老朋友、民主人士秦德君再有來往，當也出自這種心態。附帶提一句，兩個月後秦德君赴京參加新政協籌備會議期間竟因「叛徒」嫌疑接受審查，次年5月恢復名譽，年底安排進教育部任參事。

第二處：關於路翎的那篇小說《泡沫》，本來是想多寫一點。這是第一次見諸文字的胡風對路翎小說的批評，我也非常感興趣，可惜還未找到，以後查到讀過要補充的。

永平上

wu yongping，您好！同意。舒蕪上

先生：您好！稿子經您看過，我就放心多了。謝謝！永平上

2007-07-22　第五集第1～6信補注（看到這裡，明天再看）

先生：（主題詞：請教一個人名）

我在胡風信中讀到「金、范等都是黨員，化鐵和他們一道去工作」云云，摘要如下：

16－1949年7月12日自北平

> 化鐵和《橫眉》的人弄得好，替《文匯報》幫忙，這都是好的。他應該做點事，和社會接觸。《螞蟻》能出，也是好的，但要他們完全自己去弄，你不要參與，也不要用希望社信箱。過去，我們用一切力量掩護一點工作，那時候只能如此。現在解放了，一切不同了，他們應該獨立工作，讓我們也獨立工作，不要在事務上纏在一起才是。金、范等都是黨員，化鐵和他們一道去工作，那是頂好的。

其中「金」大概指的是「金尼」，而「范」卻不知是誰。在續後的一封信

中，又見到：「小刊，你只能在旁提提意見，絕對不能去做任何事務。切記切記。一則免除誤會，最重要的是要做自己的事。有什麼書店肯出，當然頂好，否則，也要他們找一個書店發行。如范加入，可以在他那裡碰頭商量，以那裡為編輯部。」這裡又提到「范」，而且似乎與《起點》有瓜葛，仍不知是誰。

胡風的熟人中有姓范的嗎？

永平上

wu yongping，您好！不知道。舒蕪上

先生：您好！不知「范」的信收到。再寄二則補注。

胡風家書，我儘量保持完整，想讓您看到全貌。以後修訂時再刪削。

永平上

1－1949 年 9 月 8 日自北平

2－1949 年 9 月 17 日自北平

舒蕪先生對第 1 信有批註：

胡風出席政協會議，似乎還有一點波折。他是在 7 月 23 日文聯全國委員會上被指定為政協代表的，卻未在第一時間接到開會通知。後來，他在「萬言書」中寫道：「政協開會前，第一次通知在上海的名單內沒有文藝方面的巴金同志和我，直到出發前一天才接到了補發的通知。有的同志很焦急，但我情緒上沒有受一點影響。我覺得，這是因為文藝上的負責同志們對我的問題有意見。更證明了這以前的看法。出不出席政協，對於整個文藝工作不會發生任何影響，對我們的情況也不會發生大的變化。」永平按：未發及補發通知事，是「文聯代表團」工作人員的失誤，還是更上層的人士的主意，尚不可知（舒蕪建議改為：待考）。

wu yongping，您好！謝謝盛意。文字有一處小斟酌。舒蕪上

（「不可知」改為「待考」。吳注）

先生：您好！（主題詞：意見很好）

改兩個字，便留了餘地，好。永平

先生：再寄幾則請正。永平

3－1949 年 9 月 21 日自北平

4－1949 年 9 月 25 日自北平

5－1949 年 9 月 30 日自北平

6－1949 年 10 月 4 日自北京

2007-07-23　第 7～10 信補注

先生：您好！（主題詞：收到意見）

意見收到，兩處。一處加「似乎」，已改；另一處《小紅帽脫險記》，無誤。

永平上

先生：您好！（主題詞：換個寫法）

從這幾則開始，換了個寫法。胡風家書全文保留，只補注幾條，將有關材料羅列出來。這樣寫，一是便於您看，二是想加快寫作速度。

全部注完後，再考慮體例問題，統一修改。永平上

7－1949 年 10 月 7 日北京

8－1949 年 10 月 12 日自北京

9－1949 年 10 月 15 日自北京

10－1949 年 10 月 20 日自北京

2007-07-24　第 11～15 信補注

先生：您好！（主題詞：請問）

昨天下午寄上幾則，未見回覆。今天再寄幾則，請指正。

胡風家書都是全文，如認為有何處還應該補注，請示下。

另外，請教一事，贈人書，如何寫題簽，對長輩、平輩或學生，應有何區別？您寫過這方面的文章嗎？永平上

11－1949 年 10 月 22 日自北京

12－1949 年 10 月 25 日自北京

13－1949 年 10 月 28 日／30 日自北京

14－1949 年 11 月 2 日／3 日自北京

先生：您好！兩信的附件均收到，意見讀過〔註 180〕。

一、關於莊湧。（舒蕪批註：大約 1953 年莊湧來到人民文學出版社工作，

─────────

〔註 180〕舒蕪先生的這兩封來信丟失，部分意見摘要留存。

很快不久就被正式逮捕，當時罪名很嚴重，似乎是還鄉團之類，後來某年也平反了。）

吳按：莊湧去東北人民大學，只得了講師，他不滿意，找聶紺弩幫忙，他們在重慶時相熟，得調入人文社。

二、「這裡要我多住些時」，當是最近有人找他談過話。查胡風日記，10月10日有「周揚來，談些什麼過去的錯誤，等等」的記載。周揚時任中宣部副部長、文化部副部長和黨組書記，權傾一時（舒蕪批註：？）。他對胡風有成見，但從不憚於當面說出。

吳按：「權傾一時」後全部刪去。

三、「子周」是與「父周」（胡風通信錄中對周恩來的稱謂之一）對應的，二者都沒有褒貶義。（舒蕪批註：總有什麼含義，弄清楚了麼？）

吳按：沒有含義，只是區別。尤如二人都姓周，一人年紀大，稱「老周」，一人年齡小，稱「小周」。

四、（舒蕪批註：解放初期他的去住出處問題，上面對他的位置安排問題，為什麼那麼糾結成一團？奧妙何在？總是談不攏的原因何在？可以集中研究一下。）

吳按：胡風的目的是想得到一個能獨當一面的位置，後信將提及。家書補注，就像剝繭一樣，慢慢地就會露出裏面的核心。

五、胡風當天日記有「夜，到丁玲處，適雪峰在，閒談到三時，住在那裡。△果然，雪峰恢復到十多年前的本性了」的記載，所謂「十多年前的本性」，指的是1937年7月間事，前面曾述及，在此不贅。（舒蕪批註：看來馮雪峰與胡風的專題大可一做。）

吳按：補注完了再考慮如何寫。只是材料稍嫌不足。

永平上

wu yongping，您好！胡的目標是一方面，上面「層峰」為什麼也那麼焦心，是另一方面。舒蕪上

先生：您好！我的理解是，胡風畢竟是有影響的人士，長期工作不落實，上面也有點著急。後面的幾封信都是談工作問題，慢慢就清楚了。總的來說，是一個「要價」的問題。

永平上

　　wu yongping，您好！我的意思是，上面對胡的看法，與對一般左翼名家還有不同。毛說過：「承認山頭，消滅山頭。」對黨內如此，對文藝界也如此。胡拿到這個脈，才有本錢要價，又不斷以小心謹慎教妻。舒蕪上

　　先生：您好！我會在後面的補注中仔細揣摸胡風為何如何，看他是怎樣摸到這個「脈」的。永平上

　　wu yongping，您好！他十分明白自己的山頭頭子地位，如何保持這個地位來周旋，一直是他苦心孤詣地考慮的主線。舒蕪上

　　先生：您好！您說的極對。他考慮工作安排時，不僅考慮要與自己身份相符，也要考慮有利於流派。他難以決定，確實與這有關。永平上

先生：您好！今天下午出去了，只寫了一則，慚愧！永平上
　　15－1949 年 11 月 8 日自北京

2007-07-25　第 16～21 信補注
先生：您好！關於胡風解放初對工作安排的設想意見收到，很對，但不能明寫。

　　再寄兩則。永平上
　　16－1949 年 11 月 14 日自北京
　　17－1949 年 11 月 16 日自北京

先生：再寄四則呈正。永平上
　　18－1949 年 11 月 20 日自北京
　　19－1949 年 11 月 23 日自北京
　　20－1949 年 11 月 26 日自北京
　　21－1949 年 11 月 29 日自北京

2007-07-26
　　舒蕪先生來信丟失。

先生：您好！
　　意見收到，重點是在「評論」。不把文學評論放到補注中，我會注意的。
　　上午要看一份清樣，下午再談修改情況。
　　永平上

22－1949 年 12 月 1 日自北京
23－1949 年 12 月 4 日自北京

先生：您好！
關於在補注中不宜插入「評論」的意見收到，已在文中刪改。
永平上

2007-07-27　第 28～30 信補注

先生：再寄幾則。永平上
28－1949 年 12 月 15 日自北京
29－1949 年 12 月 25 日自北京
30－1949 年 12 月 29 日自北京

2007-07-28　第 31～38 信補注

舒蕪先生來信丟失。

先生：關於解放初您的工作安排事，加進去了。如下：

「和魯藜談過，約守梅……」一句，說的是他介紹阿壟去天津文聯事。羅飛在回憶文章中寫道，是「天津市委宣傳部長兼天津市文化局局長方紀……很器重阿壟，是他把阿壟作為『人才』引進到天津去的」〔1〕。此說欠妥，正確的說法應是：胡風向魯藜（時任天津市「文協」主席兼文化局黨支部書記）推薦，魯藜向方紀請示，方紀同意，阿壟於是成行。「這裡約路翎來……」一句，說的是他介紹路翎來北京青年劇院事。同月初，他找了著名演員金山（時任團中央下屬中國青年劇院副院長），金山請示院長廖承志，廖請示團中央，批准路翎調入。胡風後來在「萬言書」中曾抱怨：「解放以來，文藝領導上對於所謂胡風『小集團』有關的作者們，只解決了舒蕪一個人的工作問題。〔2〕」此說欠妥。解放後舒蕪在南寧，是作為進步教授，由中共南寧市委決定他擔任省會所在的市人民政府委員和全省首席中學校長，與「文藝領導」毫無關係，也與其他受到胡風關注的「份子」的「解決工作」路徑完全不同。
〔1〕羅飛《文途滄桑》，第 140 頁。
〔2〕《胡風全集》第 6 卷，第 330 頁。

永平

wu yongping，您好！也算了此一筆爛帳。舒蕪上

先生：「周揚之流」也刪改了。

　　　　「第二章，還在報館僵持中」一段，說的仍是《光榮贊》的發表事。「前天打電話給上次來談話的人」，指的是他曾給胡喬木去過電話。查閱胡風日記，12 月 8 日未見有打電話給胡喬木的記載，此信可補充日記的疏漏。他當認為胡喬木方面已無問題，問題只是在於周揚等的蓄意破壞。「想還在鬥爭中」，僅是推測。「天津廣播過……」說的不是《光榮贊》，而是《歡樂頌》。胡風認為周揚等人因嫉妒他的成功，忌諱他的影響，於是便阻止他的作品再在《人民日報》上出現。實際上，此事與周揚等並無關係，決定該詩能否刊出的人還是胡喬木，後面將述及。

永平上

先生：您好！修改如下。永平上

　　原文——「第二樂篇（改樂篇了）」一段，談的是《光榮贊》不能在《人民日報》刊發的原因。所謂「自己太猛」，說的是不該直接打電話給胡喬木提出要求；「逼得對方不能下臺」，也是從要求過於迫切這一角度進行自省。他決定轉送《文藝報》，但他沒有考慮到老朋友丁玲雖是該刊主編，同時也是中宣部文藝處處長。

　　（舒蕪批註：中宣部常務副部長胡喬木否定了的作品，她敢發表嗎？分析評論，補注中合適麼？）

　　改為：「第二樂篇（改樂篇了）」一段，談的是《光榮贊》不能在《人民日報》刊發的原因。所謂「自己太猛」，說的是不該直接打電話給胡喬木提出要求；「逼得對方不能下臺」，也是從要求過於迫切這一角度進行自省。他決定送交《文藝報》發表，丁玲時任該刊主編。

先生：再寄幾則。永平上

　　31－1950 年 1 月 1 日自北京
　　32－1950 年 1 月 5 日自北京
　　33－1950 年 1 月 6 日自北京
　　34－1950 年 1 月 6 日自北京

35－1950 年 1 月 9 日自北京

36－1950 年 1 月 10 日自北京

37－1950 年 1 月 13 日自北京

38－1950 年 1 月 16 日／17 日自北京

先生：您好！再寄幾則請正。胡風此次居留北京的家書已注完。下一單元是年初再來北京時的了，內容更多一些。

永平上

wu yongping，您好！來信沒有附件。舒蕪上

2007-07-29　第 39～43 信補注

先生：補寄。昨天可能忘了。永平上

39－1950 年 1 月 20 日自北京

40－1950 年 1 月 24 日自北京

41－1950 年 1 月 27 日自北京

42－1950 年 1 月 29 日自北京

43－1950 年 2 月 2 日自北京

先生：您好！

為求見周恩來，胡風簡直傷透了腦筋。後面的信中多涉及此事，他把周恩來當作唯一的最大的依靠，但周恩來卻根本不把他當回事。此事頗費思索。

永平上

2007-07-30　第六集第 1～5 信補注

先生：寄上又幾則，無甚內容。永平上

第六集濟南北京

1－1950 年 9 月 21 日自濟南

2－1950 年 9 月 22 日自北京

3－1950 年 9 月 29 日／10 月 1 日自北京

4－1950 年 10 月 4 日－6 日自北京

5－1950 年 10 月 9 日自北京

先生：讀到一篇談「國學」的文章，請閱。永平上

（李零《傳統為什麼這樣紅：20 年目睹之怪現狀》）

先生：您好！又是一篇網文。永平上

（困惑與警示：為什麼官員難拒迷信？）

先生：您好：原文與修改如下。

一、原文：「守梅來見到」一段中提到青年朋友舒蕪（方管），1947 年上海一別後他們已有 3 年未見。舒蕪當年在廣西頗為上級器重，身兼省市級的七、八個社會團體的領導職務，胡風曾在給其他朋友的信中譏其為「小貴族」。（舒蕪批註：此信中和原注中並無譏諷語，這段補注似可不必。或者只補注「任南寧市人民政府委員、南寧高中校長」的職務，以見不僅是「中學任教」就行了。）

改為：「守梅來見到」一段中提到青年朋友舒蕪（方管），1947 年上海一別後他們已有 3 年未見。舒蕪時為南寧市人民政府委員、南寧高中校長，並兼有許多社會職務。胡風曾在給其他朋友的信中譏其為「小貴族」。

二、原文：「昨天中午，葛琴請吃蟹」一段，說的是 10 月 3 日的私人宴請，主人和來賓都是桂林或重慶時期的老熟人，有趣的是，這些人（胡喬木、邵荃麟、胡繩、喬冠華、林默涵、馮雪峰）都是他不同時期的文藝思想上的「怨敵」。邵荃麟把這些人請到一起，也許有消弭前嫌的良苦用心，胡風理解為「吃和氣酒」，也恰如其旨。宴後，胡喬木和喬冠華都表示願意與他「談談文藝上的問題」，他於是從中看出了上層「做法和文藝思想在要求變」的一點跡象。（舒蕪先生批註：所謂「談談文藝上的問題」非常含蓄，也可能是要當面批評的意思。吃飯以緩和氣氛，原則還是不能調和。毛澤東定性為反革命之前，對胡的做法一直如此。胡風只理解為搞不下去「要求變」，太一相情願了。）

修改為：

「昨天中午，葛琴請吃蟹」一段，說的是 10 月 3 日的私人宴請，主人和來賓都是桂林或重慶時期的老熟人，有趣的是，這些人（胡喬木、邵荃麟、胡繩、喬冠華、林默涵、馮雪峰）都是他不同時期的文藝思想上的「怨敵」。邵荃麟把這些人請到一起，也許有消弭前嫌的良苦用心，胡風理解為「吃和氣酒」，也恰如其旨。宴後，胡喬木和喬冠華都表示願意與他「談談文藝上的問

題」，此語含義可作多種解釋，但他卻理解為上層「做法和文藝思想在要求變」，有點一廂情願。

　　先生：您好！您的意見是否要將「小貴族」一句刪去？永平上

　　wu yongping，您好！刪去為好。舒蕪上

先生：您好！再寄幾則，沒有特別要注意的地方。永平上
　　6－1950 年 10 月 13 日自北京
　　7－1950 年 10 月 16 日自北京
　　8－1950 年 10 月 22 日自北京
　　9－1950 年 10 月 24 日自北京
　　10－1950 年 10 月 27 日自北京

　　wu yongping，您好！沒有不同意見。舒蕪上

2007-07-31　第 11～20 信補注

先生：您好！這封信中是提到了您的。可能是雜文集的版稅吧。
　　「已付方十萬。以後囑直接寄南寧罷。」
　　十月二十二，夜一時
　　永平上

　　wu yongping，您好！記不清。大概是吧。舒蕪上

　　先生：您好！此信我就不補注了。永平上

先生：您好！再寄幾則補注，也是沒有什麼新意的。永平上
　　11－1950 年 10 月 29 日自北京
　　12－1950 年 10 月 29 日自北京
　　13－1950 年 11 月 5 日自北京
　　14－1950 年 11 月 6 日自北京

　　wu yongping，您好！沒有不同意見。舒蕪上

先生：您好！再寄補注二則，開始有點意思了。永平上
　　15－1950 年 11 月 7 日自北京
　　16－1950 年 11 月 9 日／10 日自北京

先生：您好！再寄幾則。開始涉及到周揚了。

　　永平上

　　17－1950 年 11 月 12 日自北京

　　18－1950 年 11 月 16 日自北京

　　19－1950 年 11 月 21 日自北京

　　20－1950 年 11 月 22 日自北京

舒蕪先生對第 20 信有批註：

　　「主席之流」一段，批評的是馮雪峰。馮與胡同時來京參加英模大會，馮先期返滬。梅志來信中提到馮近來在上海的狀況，胡風於是發此議論。「暗傷路翎」，其事不詳；「找到王和賈」，也不知指誰。（舒蕪批註：真不知道他當時與馮有那樣大的矛盾。不知道後來馮接受我進文學出版社，胡有沒有什麼評論。）

　　wu yongping，您好！沒有不同意見，只有一處感想。另，今天完成小文一篇附上請教。舒蕪上

　　（「感想」見上面的批註。「小文」為《葉左女士》。吳注）

先生：您好！胡風家書中沒有提到您的調動事，只是在 1952 年討論會期間對您多有議論。胡風家書止於 1953 年調京。

　　回憶葉左文章寫得很真實，文革時我是老三屆（初三），對那時的事情有記憶，並非所有左的人都無人性，讀了您的回憶，覺得是實事求是的。

　　永平上

2007-08-01　第 21～30 信補注

先生：請看附件。這次寄上好幾則，有重要的內容。永平上

　　21－1950 年 11 月 24 日自北京

　　22－1950 年 11 月 29 日自北京

　　23－1950 年 11 月 30 日自北京

　　24－1950 年 12 月 6 日自北京

　　25－1950 年 12 月 6 日自北京

　　26－1950 年 12 月 11 日自北京

　　27－1950 年 12 月 15 日自北京

28－1950 年 12 月 29 日自北京

29－1951 年 1 月 1 日自北京

30－1951 年 1 月 3 日自北京

舒蕪先生對第 25 信有批註：

解放初，胡風一再告誡青年朋友不要寫文藝理論文章，他自己也不寫，但這裡卻涉及到了創作過程中的重大理論問題。（舒蕪批註：不明白這理論如何重大？有什麼招忌的地方？）

舒蕪先生對第 30 信有批註：

附帶提一句，胡風對工作安排的基本要求是：「一個能夠生效的工作」（1950 年 10 月 16 日家書）。他並表示過：「如果用之得當，我當獻出一切，否則，只好做一個小民終身。」（1950 年 10 月 22 日家書）。他從來沒有考慮過要做任何一處的「屬員」。（舒蕪批註：關於要他擔任的職務，頗多矛盾：如果是人民文學出版社總編輯，那就不是屬員，但也許上面另有社長，不由一人兼，那也不全是屬員，還是業務主管。《文藝報》負責更不是屬員。總之弄不清他想要的底盤究竟是什麼。）

先生：您好！關於「招忌」，未點明是「主觀戰鬥精神」。永平上

wu yongping，您好！那麼要不要把這一點說明呢？舒蕪上

先生：關於「要他擔任的職務」一段，您的意見很對。我估計胡喬木當時沒有說明讓他擔任什麼職務，又說出馮雪峰將當社長兼總編輯，胡風便覺得自己的位置無處放了。《文藝報》也是如此，後信提到丁玲為他設想的安排。胡風到底想要什麼職位？至少是某單位的一把手！否則，真是說不清楚。

在後面的信中提到華東文聯事，他就明確提出要居於巴金之上，他當正，巴當副。

永平上

wu yongping，您好！最初茅盾宣布他任文藝報主編，那該是一把手吧？他當時拒絕，後來不知後悔否？舒蕪上

2007-08-02 第 31～36 信補注，第七集第 1～7 信

先生：您好！胡風後來有後悔的表示，如在 1952 年 8 月的家書中曾寫

道：「我的錯誤是沒有考慮到要站住地位，這就讓人家堵死了路，悶死了生機。」

「主觀戰鬥精神」乾脆就點明了吧。

永平上

wu yongping，您好！點明主觀戰鬥精神，得多說幾句話，體例上會不會近乎文藝理論呢？舒蕪上

先生：您好！只是簡單地客觀地介紹，不分析，不評論，庶已可也。永平上

先生：（主題詞：有附件）

寄上幾則，仍是糾纏於約見和工作，沒有多少意思。只是想給您看看胡風家書。永平上

31－1951 年 1 月 8 日自北京

32－1951 年 1 月 12 日自北京

33－1951 年 1 月 16 日自北京

34－1951 年 1 月 22 日自北京

35－1951 年 1 月 24 日自北京

36－1951 年 1 月 24 日自北京

wu yongping，您好！的確也夠尷尬的。舒蕪上

先生：「主觀戰鬥精神」那則的結尾修改如下：

解放初，胡風一再告誡青年朋友不要寫文藝理論文章，他自己也表白過不再寫，但這裡卻涉及到了其備受詬病的一個創作理論：「主觀戰鬥精神」。

永平上

先生：再寄一則，胡風想當華東文聯一把手，比較有趣了。永平上

第七集北京－武漢－宜昌－重慶

1－1951 年 4 月 22 日自北京

舒蕪先生對這則有批註：

原來，胡風省悟到了他們「問到巴金」與正在籌建的華東文聯有關，並馬上設想了可能的領導人選，信中說「現在沒有人，可能想到我和巴金的」，說得再明白不過。他自信自己有居於巴金之上（舒蕪批註：一把手不能說在

二把手「之上」，是不是只能說「之前」？）的若干主客觀條件，信中向梅志交代的五點「實情」，全部是圍繞著這個中心點（「我是能給巴影響的」）展開的，無非是想通過梅志的轉述或自述（「用你自己的意思說」）使雪葦等在斟酌領導人選時對此有個明晰的印象。

巴金與胡風有友誼關係，這是事實；巴金並不認為他的文章都好，這也是事實；巴金不滿何其芳對胡風的批評，未有史料證實；（舒蕪批註：這一點胡風不會沒有事實根據。）巴金同情胡風解放初的境遇，也未有史料證實；（舒蕪批註：這一點胡風是主觀推斷。）更為重要的是，巴金與胡風並不是可以推心置腹的朋友，這卻是眾所周知的。巴金在「批判胡風運動」中曾違心地寫過文章，但其中有些表述卻不能說都是違心的，如：

……

信中提到他目前已引起了馮雪峰（「三花臉」）的「嫉妒」，似乎並無根據。解放初馮雪峰曾任華東軍政委員會委員、上海市人民政府委員、上海市文學工作者協會主席、上海市文學藝術界聯合會副主席、《文藝創作叢書》編輯委員會主任委員、魯迅著作編刊社社長兼總編輯、《文藝新地》月刊主編、中國文學藝術界聯合會常務委員、及中國作家協會副主席、黨組成員等職，1951年3月周總理點名要他出任正在籌建的國家級出版機構人民文學出版社的第一任社長兼總編輯，胡喬木年初與胡風談話時曾建議他在馮手下任職。反觀胡風此時的處境，馮雪峰實無嫉妒他的任何理由。（舒蕪批註：胡風的意思是，馮只是上海作協的頭兒，他如果出任華東文聯一把手，則在上海作協之上，馮要嫉妒了。）

先生：您好！意見都很中肯，酌改如下。

意見一：一把手不能說在二把手「之上」，是不是只能說「之前」？

修改：改為「之前」。

意見二：關於巴金與胡風的那節。

修改：巴金與胡風有友誼關係，這是事實；巴金並不認為他的文章都好，這也是事實；巴金不滿何其芳對胡風的批評，也許確有其事；巴金同情胡風解放初的境遇，卻似主觀推斷。更為重要的是，巴金與胡風並不是可以推心置腹的朋友，這卻是眾所周知的。巴金在「批判胡風運動」中曾違心地寫過文章，但其中有些表述卻不能說都是違心的，如：

意見三：關於馮雪峰（「三花臉」）「嫉妒」事。

修改：信中提到他已引起了馮雪峰（「三花臉」）的「嫉妒」，似乎並無根據。解放初馮雪峰曾任華東軍政委員會委員、上海市人民政府委員、上海市文學工作者協會主席、上海市文學藝術界聯合會副主席、《文藝創作叢書》編輯委員會主任委員、魯迅著作編刊社社長兼總編輯、《文藝新地》月刊主編、中國文學藝術界聯合會常務委員、及中國作家協會副主席、黨組成員等職。一個月前（1951 年 3 月），周總理點名要他出任正在籌建的國家級出版機構人民文學出版社的第一任社長兼總編輯，胡喬木年初與胡風談話時曾建議他在馮手下任職。胡風大概是認為馮只當過上海文協的頭兒，他如果出任華東文聯一把手，則在上海作協之上，馮要嫉妒了。

wu yongping

先生：再寄數則請正。永平

　　2－1951 年 4 月 28 日自北京

　　3－1951 年 5 月 1 日～3 日自北京

　　6－1951 年 5 月 14 日自北京

　　7－1951 年 5 月 15 日自北京

wu yongping，你好！只末句有一個小意見。舒蕪上

　　第 3 信補注中有這一段：「這幾天，恐怕得積極一下」一段，說的仍是給胡喬木寫答覆信的事。華東文聯事既然暫時不能指望，上面又仍堅持讓他三中選一，再不表示態度不行了。然而，這三個單位都已安排有一把手，他的位置該如何擺呢，於是便有「妨礙了別人安心祿位的存在」及「給人受威脅」之類多餘的擔心。

　　（舒蕪先生建議刪去「多餘的」三字。吳注）

2007-08-03　第 8～25 信補注

先生：再寄幾則。永平上

　　8－1951 年 5 月 19 日自北京

　　9－1951 年 5 月 22 日自北京

　　10－1951 年 5 月 23 日自北京

　　11－1951 年 5 月 26 日自北京

　　12－1951 年 5 月 28 日／29 日自北京

　　13－1951 年 6 月 1 日自武漢

14－1951 年 6 月 5 日／6 日自宜昌

15－1951 年 6 月 13 日自重慶

16－1951 年 6 月 17 日自重慶

17－1951 年 6 月 22 日自四川巴縣人和鎮（無補注）

18－1951 年 6 月 30 日自四川巴縣人和鎮新民村

19－1951 年 7 月 9 日自巴縣人和鎮新民村（無補注）

20－1951 年 7 月 15 日自巴縣人和鎮新民村（無補注）

21－1951 年 7 月 30 日自四川巴縣人和鎮西山村

22－1951 年 8 月 13 日自四川巴縣人和鎮西山村

23－1951 年 8 月 26 日自四川巴縣人和鎮西山村

24－1951 年 9 月 9 日自重慶

25－1951 年 9 月 27 日自北京

先生：您好！讀了寄去的幾則，我想，您對胡風究竟要什麼應該可以有一個輪廓了！永平上

舒蕪先生對第 8 信有批註：

「我的『動向』……無論如何得定下來」，談的是打算在暑期前決定來京或留滬工作的問題，這是從有利於孩子入學的角度來考慮的。他埋怨上面「拖」，卻不怪自己態度曖昧，似乎沒有道理。（舒蕪批註：這些批判性的詞語最好不用，代以中性的。）

（吳擬修改：將「他埋怨」以下刪去。）

舒蕪先生對第 11 信有批註：

「我這次參加，先是他們將我的軍，我就回敬一子」一句，真切地描繪出他當時的心態：你自己先提出想「走走寫點什麼」，別人便給你這個機會；說的本不是真心話，別人偏偏要較真，形成騎虎難下之勢，那就只能假戲真唱了。（舒蕪批註：近於貫華堂式的評點了。）

（我的意見：暫時保留。）

舒蕪先生對第 13 信有批註：

「熊家、金家都不能去看了」一段，寫得很是辛酸。抗戰前及抗戰初期，熊子民、金宗武給了他許多的幫助，稱得上是患難之交。如今自慚處境不順而無顏看望故人，是人生的一大悲哀。（舒蕪批註：這條有必要否？）

（擬修改：此條全部刪去，不加補注。）

舒蕪先生對第 16 信有批註：

「路上和到這裡以後」一段中，對所接觸的當地領導的馬列主義水平評價很高。當年，凡參加過實際工作的知識分子大都容易產生這樣的感慨。1950年 4 月 6 日舒蕪在給胡風信中這樣寫道：「一個總的感覺是，毛澤東思想真已浸透了整個革命的隊伍，隨時隨處看得到毛澤東思想的化身。」胡風似難苟同，沒有回信。（舒蕪批註：沒有回信不足以證明「難苟同」。）一年後，胡風卻在家書中由衷地說著與舒蕪相同的話來了。

（修改：胡風沒有回信。）

舒蕪先生對第 18 信有批註：

「但這七天中，看到的東西可不少」和「來的人裏面」兩段中，談到了知識分子出身的「主要領導人」身上的「反唯物主義的東西」，這個新的感受得之於參加土改實際工作之賜。說來也有趣，舒蕪是「胡風派」中較早參加實際工作的，也較早地發現了知識分子幹部的這個弱點，他在 1950 年 3 月 13日給胡風的信中寫道：「從解放以來，學習了一些東西，主要的是在擔任寒假教員研究班副主任的二十多天當中，從老幹部們身上，看到了毛澤東思想的具體表現，和整風運動的偉大成功。舉一個例，例如自由思想，暴露思想實際，聯繫自己，加以改造，這一套方法，就是我先前所未知道，現在看來確能解決思想問題的。這樣來談思想，才不落空，才不會變得如我們過去所擔心的虛有其表。此外，在種種具體政策上，在具體作風上，在工作技術上，也使我學到了很多。」（舒蕪批註：此處引這段話似無必要。）

（修改：「但這七天中，看到的東西可不少」和「來的人裏面」兩段中，談到了知識分子出身的「主要領導人」身上的「反唯物主義的東西」，這個新的感受得之於參加土改實際工作之賜。「大領導人」在實際工作上「太容易露出尾巴了」云云，所指亦同。）

舒蕪先生在第 19 信末尾批註道：剛下去很興奮，立刻空虛起來，是許多人都經歷過的。

舒蕪先生對第 23 信有批註：

「回華東，巴正我副，那是不好辦的」一段，突然又提起華東文聯的領導遴選問題。這次從上海傳出的消息是巴金任主席，他任副主席。前面已引

用過雪葦的《我和胡風關係的始末》，文中只提到曾有過胡風正、巴金副或夏衍正、巴金副這兩種人事安排，也許漏記了還曾有過「巴正胡副」的提議。胡風此次的態度非常明確，要麼當一把手，要麼不幹。信中對他們「看重『地位』」的批評，指的是他們過分地重視了巴金的民主人士的統戰身份，其實胡風也是統戰對象，只不過他自恃被周恩來劃在「左」的一邊〔註181〕，不願承認罷了。（舒蕪批註：這是很關鍵的問題。當時不但胡風自己以及胡風派，恐怕所有的人，都沒有會把他與「統戰對象」的概念聯繫起來的。這是為什麼？值得探索。）

舒蕪先生對第 25 信有批註：

我身體很好，除了一次咳嗽，喑喉嚨以外，沒有生病。工作，在全鄉說，恐怕要算是好的。最後在南溫泉和重慶的二十多天，和大家處得不錯，和小孩子一樣和大家打鬧，工作又做得頂多，西南當局也認識了一些。（舒蕪批註：就看土改中這些實際工作安排，也不是「統戰對象」的待遇。「統戰對象」們通常只能參觀土改而已。）

wu yongping，您好！就這樣吧。舒蕪上

2007-08-04　舒蕪自訴不適

wu yongping，你好！近來食欲猛衰，消瘦，後天去檢查，也許是肺感染要住院，也許沒有事。先奉告。舒蕪上

2007-08-08　舒蕪住院期間

吳先生：您好！（主題詞：我父親檢查的結果）

我是舒蕪的大女兒方非。

我父親入院兩天檢查的結果：肺部有些感染；另外，胃口不太好。其他方面還沒發現什麼問題，請放心。

以後幾天還要做進一步檢查，如有什麼情況再告訴您。

祝：暑安！

方非 8 月 8 日

〔註181〕胡風在「萬言書」中寫道：第一次文代會前後，「馮雪峰同志有一次說到：周總理審閱代表名單的時候，是把我的名字劃在『左』一類的，勸我放心。」《胡風全集》第 6 卷，第 113 頁。

呼倫河：您好！

　　先生病情如何，甚念！還在醫院作檢查嗎？

　　湖北吳上

2007-08-14

吳先生：您好！

　　到現在為止，我父親還沒有檢查出什麼大問題。

　　肺部感染正在控制，之前痰比較多，現在也好些了。

　　因為我父親主訴沒有胃口，經商議，院方近期準備做鋇餐檢查一下。

　　我把您上次回信的內容告訴父親了，父親囑我代為致謝。

　　謝謝您的掛念，有什麼情況我會進一步告之。

　　天氣炎熱，也請您多多保重。

　　祝：暑安！

　　方非

呼倫河：您好！

　　聽您介紹令尊近況，稍感安慰。

　　希望一切正常，所有的檢查都是虛驚。

　　武漢仍是熱，但比先前要好得多。

　　家書補注仍在寫，只是覺得重複、累贅，興趣也不是很大了。但還是想寫完。

　　祝萬事如意！

　　湖北吳上 8 月 15 日

吳先生：您好！

　　今天去醫院，父親的各項檢查基本做完，沒有什麼大問題。明天再做一項關於糖尿病的檢查，如果沒什麼特殊情況，就打算二十二、三號出院。

　　看過一些您寫的文章，佩服您細密的考證工夫以及敏銳的思維。

　　順祝：撰安！

　　方非

　　2007-08-19

2007-08-23

吳先生：您好！

我父親原本定於 8 月 22 日（本週三）出院，但在 20 日（週一）醫院又檢查出頸部右側淋巴腫大，必須立即切除。今天上午手術切除，只是淋巴結腫大，無問題，虛驚一場。

父親術後精神尚好，過幾天拆線即可出院。

祝：暑安！

方非

2007-08-23

2007-08-29

呼倫河：您好！

舒蕪先生還未返家嗎？甚念！

請轉告令尊，我正在寫一篇關於胡風與馮雪峰關係演變的文章，這是先生希望我寫的，我不想讓先生失望。

湖北吳永平上

2000-08-29

吳先生：您好！

抱歉，剛看到信。前段時間可能電腦出了問題，只要一打開信箱就斷線，現在剛剛修好。試回一信，不知能否收到。

不過估計現在已不用我回信了，我父親已經和您通信了吧？^-^

祝：撰安！

方非

2007-09-09

2007-08-30　舒蕪出院回家

wu yongping，你好！今天出院回家。舒蕪上

先生：您好！（主題詞：祝福先生）

收到您的來信，非常高興！

請好好休養，過一段時間再向您請教。

我真是太高興了！

永平上

2007-09-03　舒蕪說：「沒有力氣提出了」

舒蕪先生寄來《金人慶案效應擴大：金人慶身後的女人》等「參考資料」。

先生：您好！

您又在網上了！真高興。

收到寄來的參考資料。

寄上兩篇文章，一篇是葉德浴論胡風與馮雪峰關係文，一篇是我寫的與他爭鳴的文章。

先寄我寫的，再寄他寫的。

永平上

（附件：葉德浴《友誼的裂變和友誼的回歸》，吳永平《胡風與馮雪峰交往的若干史實》）

wu yongping，您好！大文拜讀，甚好。小意見也許有，但關係不大，沒有力氣提出了。舒蕪

先生：您好！（主題詞：參考材料）

又看到汪成法在《粵海風》上發一文章，繼續對您有不敬之辭。

永平上

先生：您好！

我不能再像以往那樣打擾您了，願您多保養，恢復一段時間再說。

文章看看即可，不必像以前那樣一一提出意見。

讀到「沒有力氣提出了」，我很傷心！

永平上

wu yongping，您好！汪文已存。謝謝。小意見無關大體，提不提無足輕重，何必傷心。方管上

先生：您好！

我傷心的不是「小意見」，而是您所說的「沒有力氣」。

祝保重！永平上

2007-09-06

先生：您好！（主題詞：新文學史料）

我寫的那篇關於聶紺弩與七月終刊的文章已發新文學史料第 3 期，今天收到了樣刊。文章曾作了部分修訂。

永平上

wu yongping，您好！我還沒有收到，大約也快了。舒蕪

wu yongping，你好！此文已刊《讀書》九月號，這是該刊可望看得懂之後我投稿的第一篇。舒蕪

（附件中文章兩篇：《忘卻的紀念》2007 年 7 月 18 日作，《也談看不懂》2007 年 7 月 22 日作）

2007-09-07　討論老舍劇本

先生：您好！（主題詞：小文請閱）永平

（《胡風與老舍話劇〈方珍珠〉》）

舒蕪先生為拙稿加了兩個批註：

該劇是老舍為中國青年藝術劇院定作的。當年 2 月 20 日日記中有「晚，中國青年藝術劇院廖承志、吳雪、金山等約請吃飯」的記載，此時劇本還沒有動筆。3 月 31 日日記中又有「收到中國青年藝術劇院送來的稿酬」的記載，此時劇本起筆才兩天，這筆稿酬應該就是預付的劇本的定金。（舒蕪加「預付的」三字）

……

6 月 25 日胡風覆信路翎，仍避而不談《方珍珠》，只說「好好地工作，慢慢來」。他似乎並不贊成路翎從「統戰」的角度來看待老舍劇本的「開排」。原因無它：老舍是黨外人士，他和路翎也是，同屬「統戰」對象，互相攀比有什麼意思！（舒蕪批註：胡風不會把自己看做與老舍同樣的統戰對象。）

先生：您好！意見收到，關於「統戰對象」那一段，正在考慮修改。

永平上

先生：修改的一節如下——

6 月 25 日胡風覆信路翎，仍避而不談《方珍珠》，只說「好好地工作，慢慢來」。他似乎默認了路翎從「統戰」的角度來看待老舍

及其劇本。說來也有趣,他與路翎也都是黨外人士,何以能自外於老舍們呢?原因無它:他們素來以黨外布爾什維克自居,從未將自己看作是「統戰」對象!

Yongping

舒蕪先生寄來康正果《一九四五年以來臺灣的文化譜系》等網文。

2007-09-12

先生:您好!(主題詞:小文請正)

寄上小文一篇請正。永平上

(《胡風與「高爾基待遇」及其他》)

舒蕪先生為《胡風與「高爾基待遇」及其他》作了一處批註:

胡風寫信給楊玉清求職,只是企望對方看在同鄉、同事、同窗的舊誼幫個忙,沒想到楊竟轉託了問題人物陶希聖。在這關鍵時刻,胡風幸好多了一個心眼,他及時地委託熊子民去徵詢了「八辦」的意見,「八辦」的答覆非常明確:「不乾淨的地方底錢不能拿。」(舒蕪批註:這是八辦的答覆麼?前引的似乎只是胡自己的話。)他於是趕緊將這筆錢退給了楊玉清,與「汪派」人物切斷了關係。

先生:您好!(主題詞:高爾基待遇)

批評的是,長江局的答覆既未見原文,就不能猜。改為不加引號的:長江局的答覆很明確,把錢退回去。這樣便好了。

永平上

2007-09-13　寄來阿壟的戀愛詩三首

Wu yongping,您好!(主題詞:阿壟在成都與張瑞戀愛時所作詩)舒蕪上

柳影三首

陳守梅(阿壟)

柳影人家夜掩門,逡巡橋岸幾黃昏。

劉郎前度潘郎老,不是消魂是斷魂。

春夜何如春夢長,已無詩句寫心芳。

淚珠輕共槐花落，一樣無聲有素香。

踏遍西門十二橋，春城處處可憐宵。
半街急雨歸來晚，帶夢還聽隔院簫。

2007-09-14

舒蕪先生寄來陶渭熊《土改肉刑見聞錄》等網文。

2000-09-17

先生：您好！（主題詞：又有一些雜事）

我本月較忙。馬上要開省第 8 次文代會，要出席。又被推舉為省第三屆文學獎評委，一個月內要看 28 部小說。下個月才能靜心地續寫文章。

祝好！

永平上

2007-09-19

先生：您好！網上看到這篇文章，您也許讀過。永平上

（沙葉新：僅僅是憂鬱）

wu yongping，您好！文章沒有讀過，很有趣，謝謝。方管

2007-09-23

舒蕪先生寄來李成瑞等人的「簽名稿」《對黨的十七大的獻言書》。

2007-09-24

舒蕪先生寄來《謝韜在香港大學談〈民主社會主義模式與中國前途〉發表前後》

2007-09-25

wu yongping，你好！（主題詞：介紹文章）

《長城》雜誌今年 4 期有李潔非《誤讀與被誤讀——透視胡風事件》一文，可以一看。舒蕪上

2007-09-26

wu yongping，你好！昨天發上一信，說《長城》雜誌今年 4 期李潔非文

章《誤讀與被誤讀——透視胡風事件》可以一看，收到否？我這個老信箱現在又可用了。後來的也可用。兩個同樣用。舒蕪上

　　bikonglou@163.com

先生：您好！（主題詞：信收到）

　　昨天的信收到了，也覆了信，不知為何您沒有收到。

　　昨天是中秋佳節，單位又放假了。明天單位例會，隨便去閱覽室找找這個雜誌。

　　祝好！永平上

　　wu yongping，您好！昨天的回信沒有收到。舒蕪上

2007-09-27

先生：您好！

　　還沒有讀到《長城》，今天上午單位閱覽室開會，只有下午再去了。不知這文章有什麼新的東西。

　　我寫的那篇與葉德浴論爭馮雪峰與胡風的關係的長文，《粵海風》第 5 期已發，今天收到了樣刊。

　　永平上

　　wu yongping，你好！河南大學出版社有消息否？舒蕪上

2007-09-30

　　舒蕪先生寄來《紅罌粟與白旗戰士——昂山素姬及其他》等網文。

先生：您好！收到《紅罌粟》一文，很有意思。

　　寄上小文一篇，談魯迅。請指正。永平上

　　（《關於魯迅研究中的三個史實》）

2007-10-01　　談陳布雷事

wu yongping，您好！（主題詞：讀後）

　　三文皆關係重大，是該駁正之。只有一處小疑問，疑問而已。舒蕪上

　　原文：蔣介石「軍機大臣」、「文膽」陳布雷能否被譽為「人品高潔的清流」，似不必多談。1934 年 9 月陳秉承蔣的旨意起草《敵乎？友乎？》長文，被魯迅斥為「連日本是友是敵都懷疑起來了」（1935 年 2 月 9 日魯迅給蕭軍、

蕭紅信），痛摑了他一巴掌。這件「佚事」，魯迅研究者大都是知道的。

（舒蕪批註：說此文是陳布雷所作，出自何處？我怎麼彷彿記得不是。）

先生：您好！請看附件。

魯迅信中並未點陳布雷名，只提到這篇文章。

因此我在文中說，此事「研究者」知道。

永平上

（王泰棟《陳布雷大傳》之「敵乎？友乎？」一章，團結出版社。）

2007-10-02

舒蕪先生寄來楊莉藜《一個人的網絡大追捕》，文章談一位美國律師調查前北京師範大學女子附中校長卞仲耘被毆打致死事。

2007-10-06　談蕭軍日記

wu兄，你好！新文學史料第三期載蕭軍日記，他與丁玲竟到了談婚論娶的關係，頗出意外，您注意到麼？舒蕪上

先生：您好！

在上月的信中，我曾談到蕭軍日記。我注意到了他與丁玲的關係，很有意思。這事是從來沒有披露過的，我讀後也覺得出乎意料。

永平上

2007-10-08　關注蕭軍日記

先生：您好！讀蕭軍日記，感到最震撼的是他對延安的印象，那是1940年，還沒到整風的年頭哩。他說寧願死在國統區，也不願呆在延安。話雖說得極端，但卻是真實想法。

又想到胡風，他到解放區後及建國前後在北京，都似有點格格不入。這倒是發人深省的現象。

永平上

先生：您好！（主題詞：長文一篇）

最近把《建國初期胡風的工作安排問題》的線索理了理，草成這篇文章。請閱示。

永平上

wu yongping，你好！前天發一信，關於蕭軍日記，收到否？舒蕪上

先生：您好！關於蕭軍日記的事，收到來信，也回過信，不知為何又沒有收到。

蕭軍日記談到他與丁玲的戀愛關係，這是過去人們都不知道的事。您說得對，我讀到的時候，也覺得出乎意料。

可惜只公布了一年的，如果都陸續公布，還不知會提供多少人所未聞的內容呢。

永平上

先生：您好！（主題詞：明年出書）

下面是河南大學袁喜生的來信，他說明年出書。我同意了。

永平兄：

您好！10.1長假到鄭州住了幾天，兩封來信今天才看到，謝謝您的節日問候。大作已安排責編在看。明年5月全國書市將在鄭州舉辦，屆時我社要集中推出一批新書，包括大作在內的「文藝風雲書系」新書5種已列入這一計劃。按照這一計劃，出書時間比我原來設想的要晚一些，但社領導從有利於造成聲勢、打開銷路考慮，也自有其道理，不知您有沒有意見？請便中代問舒蕪、朱正先生好，感謝他們對我社工作的關心。順頌

著安

袁喜生

2007-10-08

2007-10-09

wu yongping，您好！明年五月能出而且在「文藝風雲」之中，很不錯。我前上關於蕭軍日記一信，收到否？舒蕪上

先生：您好！（主題詞：蕭軍日記讀過）

蕭軍日記早讀過，知道他與丁玲事，真是奇怪。

為蕭軍事，已覆過數信，不知為何您沒收到。

永平上

先生：您好！

昨天寄上《關於建國初期胡風的工作安排問題》草稿，收到了嗎？

永平上

2007-10-10　郵箱故障數日

2007-10-14

先生：您好！偶而看到網上一篇文章，是張曉風的訪談錄，其中談到我（未點名）的文章，也談到您。把關於您的一部分寄上。永平上

wu yongping，您好！（主題詞：舒蕪覆）

是哪個網上的？對您說了些什麼？舒蕪上

先生：您好！

張曉風訪談錄發表於《文史精華》2006 年 10、11、12 期，作者許水濤，標題為《「哀莫大於心不死」的胡風》。在許多網站上都有。用文章標題搜索，就能看到。wu yongping

涉及到我的一部分，沒有點名。其文為：

　　30 年代，人們就說他是「中國的別林斯基」，我們不來說這樣的話。我母親和我們 3 個孩子在為人處世上都是很低調的，不願意太張揚，所以在回憶文章裏把一些情況說清楚就行了，當然也會有一些評論，為的是把一些情況解釋得更明白。前幾年，有人寫文章，說胡風在重慶的時候就開始清算姚雪垠，說胡風在第一次文代會上的態度是因為給他的官太小，說胡風在 1949 年以後寫的詩和文章是刻意取媚於新社會和當局，等等。對於這些觀點，我不能不講清楚。比如說他在重慶清算姚雪垠，他不是當官的，也沒有什麼權勢，怎麼能清算他人呢？根本不可能的嘛！1945 年，父親因為《希望》和《論主觀》受到批判，他怎麼可能清算別人呢？當然，《希望》是發表了對姚雪垠的作品進行評論的文章，那也說不上清算、整肅啊！實際上，他自己才是被清算、整肅的。至於說他對新社會和毛主席的態度，那是由衷地歌頌的。50 年代初知識分子的心態是現在的年輕人根本理解不了的，他們都是理想主義者，看到了國民黨統治的黑暗，被馬列主義理論所吸引，一心一意跟著共產黨走革命的

道路，這是他們的人生選擇，他們是不可能輕易地否定這一點的。我父親到 80 年代平反後，對毛澤東有了清醒的認識，對共產黨還是非常地忠心的。共產黨安排他當全國政協常委，只要政協開會，他是一定要去的，他認為不能當掛名的政協常委，這是他的工作，黨要他做什麼他就做什麼。

　　對於一些評論文章，只要不是存心污蔑和中傷，不是譁眾取寵，有不同的看法是正常的。像我父親這麼一個人，這麼一個存在，很多人想瞭解他，重視這麼一起大的冤案。所以，我編書也罷，寫的文章也罷，總是想儘量給學者們提供第一手的材料。至於人們怎麼看，說他愚忠也罷，向黨向毛澤東獻媚也罷，就讓大家說去罷，有他的文字在，這些說法都是沒有關係的。說實話，由我們來反駁一些人對他的指責並不合適，自有他人寫文章來反駁。

2007-10-15　郵箱故障

wu yongping，（主題詞：舒蕪問）

　　新文學史料上的蕭軍日記，裏面有與丁玲關係深到談婚論娶程度的記載，您注意到沒有？已經幾次發信問，未得回信，何故？皆未收到麼？舒蕪上

　　bikonglou：您好！關於蕭軍信，都覆了信，不知為何您未能收到。但後來的關於其他事的信又都收到了。真是奇怪？！
　　永平上

先生：（主題詞：問先生好）

　　關於蕭軍信的事，我已回過幾次信，不知為何總不能收到？
　　永平上

bikonglou，您好！

　　先生：能收到我的信嗎？關於蕭軍的。
　　請覆信。永平上

　　wu yongping，您好！沒有。舒蕪上

2007-10-16

　　wu yongping，你好！看來那個信箱有問題，所以都收不到。以後請不要

用那個，只用這個信箱吧。您的文章請再發來，您對蕭丁感情的意見也請再示。shuwfang@gmail.com

先生：您好！用這個信箱給您再寄剛寫好的一篇文章。

讀蕭軍日記，震動最大的還不是他與丁玲的感情問題，而是他對延安生活秩序的憎惡。延安的生活模式即是解放後政權的預演。蕭軍適應不了這種生活，胡風適應不了建國後的秩序，二人在這一點上是一致的。

我不想提高到理論上進行分析，魯迅好像說過未來的黃金時代實現後一些人仍然會失望之類的話，他預計自己也適應不了。是嗎？

永平上

先生：好，我以後就用這個郵箱。

蕭丁感情無疾而終，他們對延安生活有能否適應的區別。

永平上

wu yongping，您好！（主題詞：讀後）

我注意的是蕭軍一方面那麼憎惡延安秩序，另方面卻始終對毛好感，真是「君子可欺以其方」。對大作有幾點微末意見。舒蕪上

舒蕪先生對拙稿《建國初期胡風工作安排問題上的一波三摺》批註如下：

胡風因「歷史的隔膜」而拒絕出任《文藝報》主編，似乎有點失策。在其後的家書中，他曾多次有過後悔的表示，在此不贅述（舒蕪批註：後面要說到。）

……

周揚建議他以「文化部專門委員」身份在全國文聯或全國文協某機構中擔任一個具體職務，這種身兼多職的安排是當時的慣例。譬如茅盾，當年他便兼有文化部部長，中央人民政府委員會委員、中央人民政府政務院文化教育委員會副主任、全國文協主席、《人民文學》主編等多個職務，至於哪個是「名義」，哪個是「實職」，似乎並不重要。然而，胡風卻以為這是部門領導為了「撐場面」而耍的花頭，對此嗤之以鼻。（舒蕪批註：專門委員的確是閒職，與茅盾所兼那些委員不同。）

當然，擔心周揚有「架空」（舒蕪批註：架空，指本來在上，而設法使之無實權，與「躺在沙灘上」不同。）他的意圖（「使我躺在沙灘上」），這個心理癥結也是非常牢固的。於是，更促使他急切地想實現與高層的直接對話。

周恩來在酒會上的寒暄使他覺得高層並沒有忘記他，心中頗感安慰。

……

這封家書可糾正 1954 年胡風「萬言書」中相關敘述的失實，其文中有如下一段：

「一九五一年一月，胡喬木同志約我談話。……他向我提出了三個工作，人民文學出版社總編輯，《文藝報》負責，中央文學研究所教書，要我決定一個，並用書面答覆，而且提出了『共同生產，創造經驗』的工作原則。」

其失實之處非常明顯，勿庸贅述。（舒蕪批註：家書所述不一定「失實」。1. 人民文學出版社總編，可能是雪峰任社長，不兼總編，下面胡任總編。2. 文藝報負責，可能是胡實際日常負責，上面還有丁玲。3. 文研所只是教書而已。）

先生：您好！蕭軍在延安已鬧到那種程度，但他最終還是沒有離去，最終促使他留下來的，也許就是你所說的「對毛好感」。毛當時地位還未穩固，對知識分子還講分寸，對魯迅弟子蕭軍比較寬容。後來毛對蕭也還能保有一定的感情，1948 年蕭軍入黨，是毛批准的。1954 年蕭在那種身份下還敢給毛澤東寫信，要求出版他的《五月的礦山》，而且居然成功了。說到這裡，又想起姚雪垠給毛寫信要求出書事，毛有時對那些在政治上無特別要求的知識分子也還是能網開一面的。

意見都讀過，很中肯。將斟酌修改。

永平上

舒蕪先生寄來吳國光《中共政治改革回顧與思考》。

2007-10-18

wu yongping 兄，你好！小文將在萬象雜誌發表，請指正。方管
（《君憲問題的反思》）

2007-10-20

連續幾天，舒蕪先生寄來張博樹《中國憲政改革可行性研究報告》《三峽大壩對生態環境……》《大陸藝術家砸碎神像……》《獨裁領袖的尷尬》《聯合國人權官員……》《聯合國人權特別報告》《大寨造大廟……》等網文。

2007-10-24

先生：昨日寄出《胡風入黨問題》，不知收到否？永平上
　　（附件：《胡風入黨問題上的一波三摺》）

wu yongping，您好！沒有收到。請不要用這個信箱了。方管上

先生：（主題詞：網上看到的資料）
　　寄上雜誌上一篇文章，與你有關。永平
　　（陳學勇《胡風案前夕舒蕪的一封信》）

wu yongping，您好！謝謝。好像看過。舒蕪上

2007-10-25

　　舒蕪先生對拙稿《胡風入黨問題上的一波三摺》有一處批註：

　　隨即，胡風開始了「認識錯誤」的艱難歷程，一篇《我的自我批判》，費時兩月，數易其稿，仍未被通過。於是，就有人來「幫助」他了。3月8日夜他的幾位老朋友喬冠華、陳家康和邵荃麟奉命前去看望他，並與他作了推心置腹的談話。胡風曾在回憶文章中述及談話的主要內容，他寫道：「喬冠華、陳家康和邵荃麟還最後來和我談了一次話。他們是秉承總理的指示來的。都是由喬冠華談，邵荃麟、陳家康只說過很少的幾句簡單話，我也記不得。①總理說，應檢查思想，應該打掉的打得愈徹底愈好，這才更好建設新的。但是，要實事求是，不能包，包不是辦法。②這卻是喬冠華自己的口氣說話了：『……別的不說吧，你跟黨這多年，至少是你沒有積極提出要求入黨，這在思想上應該檢查檢查。也可以回憶一下歷史情況，看有什麼問題……』（筆者略）」

　　（舒蕪批註：「歷史情況」一詞，是不是也包含胡風個人政治歷史情況，如傳言他是南京派來的內奸的意思？）

先生：您好！

　　您提出的關於拙稿的意見一條：「歷史情況」一詞，是不是也包含胡風個人政治歷史情況，如傳言他是南京派來的內奸的意思？

　　我想，這個問題不是主要的。周恩來對胡風還是有基本瞭解的，一直承認了跟著黨走，只是在文藝上另搞一套。因此，我還是把問題放在「黨外布爾什維克」上。

　　永平上

先生：您好！

　　偶而翻到《新文學史料》2004 年第 4 期，第一篇是劉白羽的《哭山兄》，文中有這樣一句：「（延安）有人自稱為魯迅替身，卻恨共產黨人……」。聯想到蕭軍日記，恐怕指的是他。

　　蕭軍的政治態度，當時已有人發現。

　　永平上

2007-10-27

　　舒蕪先生連日寄來《安徽省政協常委汪……的公開信》、耿仲琳、田瑞昌《都云作者癡　誰解其中味——關於李商隱詩歌藝術的研究》、丁弘《學習謝韜同志的文……》《殺人機器格瓦拉》等網文。

先生：您好！這幾天寄來的文章都收到，看後深受啟發。

　　永平上

2007-11-06

Wu yongping，您好！（主題詞：一篇可以一看的訪談）舒蕪

　　（高建國《零距離採訪王光美——文革爆發與毛、劉分歧》）

　　又寄來《一位瑞典專家注視中國》《1949 年之後……》、「一組悼念包遵信先生的文章」等網文。

2007-11-09　舒蕪談吳江關於周作人的文章

先生：（主題詞：網文一篇）永平

　　（吳江：向舒蕪先生再進言）

　　wu yongping，您好！承示吳江文章，謝謝。知堂在他眼裏只能算「二流名家」，從無人道，可見其卓識高懷，豈我所敢望？淵默受教而已。舒蕪上

　　先生：您好！網線出了故障，近兩天不正常。今天下午讓人來修，已恢復。吳江文是偶而看到的，沒有什麼影響。永平上

2007-11-11

Wu yongping，您好！（主題詞：「文懷沙罵李銳頌毛澤東斥『廢物』實錄」）

舒蕪

　　（聖雨《蒼山會晤文懷沙實錄——驚世駭俗的「廢物」之喻》）

　　接連數日，先生又寄來《電影與法西斯美學》《右派曾被判死刑……》《中國民主同盟盟員……》《全球化時代的共產黨》等網文。

2007-11-23　談《趙子曰》及歷史觀

Wu yongping，您好！（主題詞：看附件）舒蕪

　　（附件：《北師大附中校慶中的……》《卞仲耘之死》《卞仲耘紀念會在京舉行》等）

　　先生：您好！為紀念老舍的《趙子曰》出版 80 週年，我寫了這篇文章。今天收到您寄來的關於北師大女中的幾篇文章，感想頗多。我這文章談的也是這問題，「五四」所帶來的「武化」，但我沒有聯繫到文化大革命，只提到當年對青年學子的腐蝕作用。不知能不能這樣寫。永平上

　　（附件：《老舍〈趙子曰〉瑣論》）

wu yongping，您好！（主題詞：舒蕪讀後）

　　一些時候沒有通信，正在想你一定有新成績，果然寫出關於《趙子曰》的文章，一切憑材料說話，論證非常有力，極有啟發。但是，我因此想到長期思索的一個問題：歷史的近觀和遠觀問題，歷史的動力是惡不是善的問題。凡是革命、進步，都是從遠觀得之，而所有近觀，則幾乎無不有其負面陰暗面，並且貽害後來。後來總結教訓，又已經追悔無及。即如章士釗上臺高舉「整頓學風」令牌，何嘗不可以說是有針對性？他晚年還向女兒解釋說是為了要學生多讀些書。是不是也自有其合理一面呢？這與大作問題無關，大作本身是很好的。另外，我連想到同樣寫一二九的《青春之歌》和齊同的《新生代》，《青》是事後追寫，《新》是同時之作，有人說後者更接近真實，您有印象麼？是不是這樣？又大作一開始引一段《趙子曰》描寫，稱之為「自然主義」的，好像稍帶貶義，過去我們習慣把古典主義、自然主義、批判現實主義、社會主義現實主義四者看作節節高的不斷革命的過程，現在看來，我們過去對自然主義的理解恐怕有些不全面了。亂談一氣，聊當面晤。舒蕪上

2007-11-24　舒蕪談歷史近觀和遠觀論

先生：您好！近觀和遠觀論極是。

這裡還涉及到作家與思想家如何看待現實的問題，同時也涉及到現實主義的理論問題。

我的不成熟想法是：作家與思想家對現實的看法及處理方式應有所不同，作家若過多地被「遠觀」論所左右，即被「觀念」所左右，其作品的真實性就要打折扣。在這個問題上，列寧的「鏡子」說還是有生命力的，托爾斯泰的創作方法是古典現實主義的，列寧站在黨派文學的立場上仍能給予客觀的評價。因此，我從直面人生這個角度來重新評價《趙子曰》，並從當年的報刊上為其尋找文化人類學的依據，肯定它的價值。

現實主義發展到新現實主義階段，其核心就是「黨的文學」。上世紀80年代理論界曾討論過這個問題，很多人根本不同意「新現實主義」、「革命現實主義」或「社會主義現實主義」這些提法，認為現實主義只有一個，即古典現實主義，其餘的都附加著政治上的要求。老舍早年創作是沒有這些理論上的顧忌的，所以能寫得不同凡響。後來就慢慢地變了。我認為，他最有價值的作品還是早期。

永平上

wu yongping，您好！「直面人生」論極是。但遠觀不僅是思想家的事。人類歷史的火車頭從來不是善，而是惡。所以暴政總是拒絕改良，引發革命，而革命總是以暴易暴，永遠給後人留下教訓，後人永遠不可能接受教訓。奈何！舒蕪上

先生：您好。以遠觀論而言，推動歷史前進的當然只能是「惡」，持著於「善」，則不可能幹「革命」。所謂「革命」，不就是推翻一切既有的規則、道德或秩序嗎？老舍當年也是知道這一點的，他用諷刺的筆法讚賞過趙子曰，寫道：

> 凡是抱著在社會國家中作一番革命事業的，「犧牲」是他的出發點，「建設」是他最後的目的，而「權利」不在他的計較之內。這樣的志士對於金錢，色相，甚至於他的生命全無一絲一毫的吝惜；因為他的犧牲至大是一條命，而他所樹立的至小是為全社會立個好榜樣，是在歷史上替人類增加一分光榮。趙子曰是有這種精神的，從他的往事，我們可以看出：以打牌說吧，他決不肯因為愛惜自己的精神而拒絕陪著別人打一整夜。他決不為自己的安全，再舉一個例，

而拒絕朋友們所供獻給他的酒；他寧叫自己醉爛如泥，三天傷酒吃不下去飯，也不肯叫朋友們撅著嘴說：「趙子曰不懂得交情！」這種精神是奮鬥，犧牲，勇敢！只有這種精神能把半死的中國變成虎頭獅子耳朵的超等強國，那麼，趙子曰不只是社會上一時一地的人物，他是手裏握著全中國的希望的英雄。

老舍當年已達到了這種認識，但他在作品中並沒有美化他，而是如實地表現。

說到以暴易暴的歷史教訓，倒是有些人看到了。湖北作家劉醒龍前兩年寫了一部小說《聖天門口》，上月我擔任湖北文學獎評審，給這部小說寫了鑒定，如下：

> 這是一部有著「史詩」意圖及「史詩」品相的長篇小說。
>
> 作者將目光凝定在鄂東英山的一個小鎮，在民族創世紀史詩《黑暗傳》的背景音樂中，悄然喚醒一群為本能所驅策的粗莽的隴畝漢子，將他們投入兩個家族幾代人愛恨情仇的漩渦之中，讓他們在 20 世紀初年至 60 年代血與火的歷史煉獄中承受煎熬。作者有著以人本主義歷史觀化解上世紀革命話語的意圖，有著以民間角度詮釋上世紀若干重大歷史事件的抱負，有著以文化衝突來重新界定和剖析人性的形而上的嘗試。
>
> 在這部作品中，讀者可以一窺蕭洛霍夫《靜靜的頓河》中葛利高里和阿克西妮婭的影子，可以體味加西亞‧馬爾克斯《百年孤獨》中神話與傳說交織的「最純粹的現實生活」的魅力，可以想見福克納在「家鄉那塊郵票般大小的地方」編織的「約克納帕塌法世系」的情趣。

文壇上已有「以人本主義歷史觀化解上世紀革命話語的意圖」，這個願望是好的。但也如您所說，「後人永遠不可能接受教訓。奈何！」

謝韜他們年來發表的文章，企圖以原教旨的馬列主義為當政者找理論依據，可能也有類似的「化解」的意圖。我這理解不知是否正確？

永平上

wu yongping，您好！老舍已經達到的，很不簡單，過去我小看他了。但是他後來的變化，緊跟，失其故步，也是個典型。前信說的齊同的《新生代》，您注意過否？舒蕪上

先生：您好！誠如您所說，老舍後來迫於政治化文化的壓力，漸漸失其故步，但中途也時有回覆舊態的時候，便有《茶館》和《正紅旗下》這樣的好作品。在人們眼中，老舍非常世故，其實是後來才變成這樣的（從抗戰始）。

齊同的《新生代》讀過，這是一部表現一二九運動的作品，寫得比較真實。但這部作品不宜與老舍的作品作比照。一是因老舍反映的時代較早（1919～1924），而齊同反映的時代較晚（1935）；二是老舍的年代未有成熟政黨的活動，而齊同則有；三是老舍筆下學生的素質也與齊同筆下的不同。

齊同的這部作品在現代文學史上有定評，較高。但實際上並不為讀者所看重。我很早前讀過，但現在已印象不深了。也許與該作品典型化程度不高有關。

永平上

wu yongping，您好！我不是拿《新生代》和《趙子曰》比，我是拿《新生代》和《青春之歌》比。二者同寫「一二九」時代，前者是同時人同時寫出來的，後者是後來寫出來的，因此前者比較真實，後者不免按意識形態的需要加以提煉修飾，比較高大全了。是不是？我與齊同在南寧同事，解放後人民文學出版社重印《新生代》是我推薦的，因為齊同在新疆事變中有對盛世才屈服的歷史問題，這曾經成為我的過錯之一，此書解放後也就只出過這一版。舒蕪上

2007-11-25

連日先生寄來大量網文，《以革命的名義——紅色高棉大屠殺研究》《我親屬中的七個右派》《錯把真情當奴性》《托洛斯基——同時讓斯大林和希特勒膽寒》《不亞於南京大屠殺的長春大屠殺》等。

2007-12-03

舒蕪先生寄來「祭園守墓人」的《拒絕懺悔的人——宋彬彬》等文章。

又寄來《美置疑小鷹號事件……》《九個政治矮人……》《北大最有出版的一拔……》《審判紅色高棉……》《陳獨秀的後人也未……》等網文。

2007-12-06

先生：您好！這幾天寄來的附件都收到，仔細看過。

11 月 28 日《中華讀書報》「瞭望」版發表了我那篇數月前作的《許建輝著〈姚雪垠傳〉失實舉隅》，選發了五千字左右。

聽說許建輝近日在該報上發了一篇回應的文章。我還沒有看到。

也許我還要寫篇文章與她爭鳴。近來可能要忙這件事。

永平上

舒蕪先生寄來《把紅臉唱到底——毛主義在印度的前世今生》、胡錫偉《喜慶的氣象……》、杜導正《本色是書生》《改革開放的大將……》等文章。

2007-12-11

先生：您好！

近來與中國現代文學館的許建輝打筆墨官司，附件中三篇，一篇是我的質疑文，一篇是她的答辯文，一篇是我的再質疑文。

捲進這些事情中，也是無奈何的事。

永平上

2007-12-12

先生：昨晚寄去的三篇文章收到了嗎？再寄。永平上

wu yongping，您好！我有中華讀書報，前兩文都讀過，現在再駁還在該報發表麼？與姚君生平太隔膜，恕不能提什麼意見。近來只作一小文，附呈。舒蕪上

周啟晉藏《域外小說集》《北平箋譜》跋

先友周紹良先生二〇〇五年逝世，世兄啟晉數以先人紀念集及遺著事來商，兩年於茲。頃以新得異書《域外小說集》（第一冊）、《北平箋譜》二種來示，命為跋識。謹案，《域外小說集》希世珍奇，今所知存世者七，分藏中國國家圖書館、中國現代文學館、北京魯迅博物館，此本次第八，書品佳良，蓋有神物呵護，歷劫不磨。余以耄耋衰病之年，幸得一見，彌平生之憾，啟晉世兄之惠也。《北平箋譜》解放後有重印本，此原版初印，版權頁編者魯迅、西諦，皆親筆簽名，序言作者魯迅、書者天行山鬼，印章皆出版後逐本加蓋，今亦天壤間罕有。「老見異書猶眼明」，拜觀讚歎，歡喜無量。翻念紹良先友之長往，未得共此樂也。二〇〇七年十一月十三日，舒蕪敬識。

2007-12-13

舒蕪先生寄來《慘烈的洗腦大學「華北革大」》《如何讓一個作家生不如死》（摘自陳徒手《午門城下的沈從文》）等文章。

先生：這篇文章很有意思。永平上

wu yongping，您好！此文我最近也讀了，確實很有意思。他說葉丁易是懷寧人，錯了，是桐城人，原名葉鼎彝，他家與我外祖家鄰近，但我們沒有相識。舒蕪上

2007-12-16

舒蕪先生寄來《高崗到底幹了什麼？》《1949之後，毛對高崗……》《列寧幸福的流放生活》等網文。

2007-12-18

先生：您好！（主題詞：參考資料）

昨天讀《悅讀》雜誌第5期，上面有虞非子《由舒蕪新序想到「恥」》。該文從您為《知堂文叢》寫的序談起，對您的周作人研究濫施攻擊。

永平上

wu yongping，您好！來信沒有附件。舒蕪上

先生：您好！那文章沒有上網，因此只能告訴您這個信息。永平上

wu yongping，您好！謝謝。舒蕪上

2007-12-19

舒蕪先生寄來《蘇聯解體親歷記》等文章。

2007-12-20　關於樓適夷

先生：您好！（主題詞：收後請覆信）

寄上稿件一篇，這是上海《悅讀》主編的約稿。

內容涉及樓適夷與胡風及顧征南，請您看看，把把關。文中沒有什麼議論，但仍怕有傷於樓老清譽。

收到後請覆信，並請意見。

永平上

（附件：《樓適夷在「反胡風運動」中》）〔註 182〕

yongping，您好！文章的確非常重要，發掘出一向沒有被注意的一環。我無意見，只一處有注。舒蕪上

舒蕪先生對拙稿批註如下：

在運動的第二階段，即《人民日報》號召「堅決徹底粉碎胡風反革命集團」的時期（5 月 27 日起），樓適夷又發表了第二篇表態文章《刻骨銘心的教訓》〔註 183〕，文中除了沿襲一些報紙上的套話外，也披露了一點「心聲」。他寫道：

> 從這個勝利中，我們所得到的教訓，也是深刻的。這是一個用怎樣的代價所換來的勝利？不是一個短的時期，而是二十多年，這個革命的叛徒，美蔣匪幫的最忠實的狗，死硬的階級敵人，潛藏在我們的隊伍裏，日日夜夜地進行其從內部來破壞革命的陰謀。他們把中美合作所訓練出來的特務送到我們黨裏來了，我們接受了；（舒蕪批註：這是指綠原。）他們把蔣介石的信徒，胡宗南的走狗送到我們文化工作的崗位上來了，我們接受了；他們把惡霸地主、還鄉團員、對人民有血債的分子送進我們國家的文化機關裏來了，我們也接受了；（舒蕪批註：這是指莊湧進入人民文學出版社。）他們拉走了我們隊伍中一些蛻化變節的分子，讓他們在我們的組織內替他們當坐探，我們不知道；（舒蕪批註：這是指牛汀。後來北京法院開庭審判胡風，綠原、牛汀兩人作為證人出庭，綠原作為「打進來」的證人，牛汀作為「拉出去」的證人。）他們在到處散佈對黨對人民的瘋狂的仇恨，我們不知道。我們把最可怕的階級敵人當做自己的朋友，和他握手，對他微笑，團結他，爭取他，認為他們只是思想上有問題，善意地幫助他們，耐心地等待他們，以為最後他們一定會被黨和人民的力量改進，這是怎樣的一種「天真」和麻痺。

〔註 182〕該文載 2008 年 2 月《悅讀》第 6 卷。
〔註 183〕適夷《刻骨銘心的教訓》，載 1955 年 6 月 30 日《文藝報》第 12 號。

2007-12-21

先生：您好！（主題詞：文稿意見）

　　注很好。怎樣把注加進文章，我還要考慮。

　　永平上

先生：您好！（主題詞：請教）

　　拙文中還有一處似也應加注：

　　晚年，他在《我談我自己》中更明確地談到：「當時社的另一領導叫秘書偷我的信稿，想把我打成『胡風分子』，沒有打成！」

　　「另一領導」指的好像是王任叔。是嗎？

　　永平上

　　舒蕪先生覆信丟失

　　舒蕪先生寄來沙葉新《我和徐景賢》等文章。

2007-12-23　　舒蕪寄來大量網文

　　連續數日，先生寄來鐵流《成都二師「小匈牙利事件」的真相》曹維錄《子虛烏有的「窯洞對」》《美朝關係新動身及原因》《「新中國」提前宣告成立幕後……》、蔡元培《不自由的大學》《某某的公開信》《布托之死……》《文革時期的一次特殊的政治任務》等網文。

2007-12-30

先生：您好！近幾天為友人俞汝捷先生精補《李自成》寫了一篇小文章，請閱。

　　永平上

　　（附件：談俞汝捷先生對《李自成》第一卷所作的精簡）

先生：您好！

　　給《悅讀》寫的那篇關於樓適夷先生的文章，因主編希望能多說點「好話」，作了一點潤飾。寄上請閱。

　　他還想讓我寫聶紺弩在反胡風運動中的表現，正在構思之中。

　　永平上

　　舒蕪先生覆信丟失

四、2008 年（5 月 9 日至 11 月 11 日缺）

2008-01-07

先生：您好！（主題詞：收信請覆）

寄上草稿《聶紺弩在「反胡風運動」中》，請閱示。

永平上

2008-01-08

先生：您好！

昨天寄出的關於聶紺弩的稿件，收到了嗎？

永平上

Wu yongping，您好！（主題詞：一位網友看了我的博客來的信）舒蕪上

方老：您好！

拜讀您最近的博客文字，似有無限蕭瑟滄桑之意，很是感動。人生是什麼？這樣的問題，也只有您這樣飽經風霜的長者可以答得出。也許什麼都不是，只是活著本身而已。「人生實難」、「人生是苦」當然是實情，可是放眼宇宙，我們也只不過是一瞬的塵芥。既然有幸為生命，所歷受者，喜樂悲歡，莫非「天賜」，也都是珍貴的記憶，總比一片空白混沌好。文山所謂「人生翕歘云亡。好烈烈轟轟做一場」，拋開遺臭流芳之誠，大概也有此意。我很欣賞德籍華裔攝影家王小慧女士的一段話：「我為什麼覺得我這個人生非常豐富，這個豐富可能有很多苦難，可是我總覺得苦難對藝術家真的是一種財富。可能我有很多回憶，都是很痛苦的一些回憶，可是這些回憶只有我有，別人沒有，所以還是很珍惜，而且很珍貴。我真的很珍惜這些東西。」也許是我和她都經歷過車禍之故。當然，我不是說苦難就好，最好沒有苦難，可是，有了也就有了，僅此而已。再者，我們並不能左右自己的命運，機緣天命之類，至今也還說不清楚。千帆先生給您的信裏，似乎也提過緣法可補辯證法之說。設若當年您也與臺先生一樣去臺大任教（假如魏天行先生或其他實權人物同意聘請您的話），人生必將改寫。想想這些，也挺有意思的。千帆先生不也想過自己如果上燕大，而後留美，或者 49 年沒有留在大陸，人生又會如何的問題嗎？不過遠離故土，幽居海隅，也是很難過的。余

英時先生回憶：一年暑假，香港奇熱，錢賓四先生犯了嚴重的胃潰瘍，獨自躺在空教室的地上養病。他去看錢先生，問有什麼事要幫著做，錢先生說想讀王陽明的文集，他便去商務買了一部回來，錢先生仍一個人躺著，心裏真為他難受。初讀這一段時，我正腹瀉，感觸自然深切。（生理上的病痛對人的影響是很重要的，比如女性經受月經與生產所致的病痛，導致或強化的敏感、細膩、慈悲等，經常被研究女性問題者忽略。）雖然對錢先生的很多觀點不敢苟同，對他還是很崇敬。老是默誦余英時先生為他寫的輓聯：「一生為故國招魂，當時搗麝成塵，未學齋中香不散；萬里曾家山入夢，此日騎鯨渡海，素書樓外月初寒。」總覺得甲申以來，讀書人心頭隱痛，都被他說著了。這種心靈的大慟，也不是誰都可以感受到的，大慟之餘，我想，亦「與有榮焉」吧。人生之境千千萬，北海牧羝、南泉斬貓，靈臺神矢、絕塞苦寒，家國仇、衣冠雪，二兩老酒、一碟花生……千差萬別，能多嘗一點，不也很好嗎？有時午夜在郊外散步，野草西風，想到見月老人那樣在宇宙間行腳，從容地走自己的路，很是敬佩，也覺得很有意思，同時對照自己，也很慚愧，不好的情緒也就都散去了。拜現代科技所賜，前人不敢想或想不到的很多東西，現在很便捷地做到了，即如現在與您通電子郵件，李杜之間就做不到。當然，如果做到了，我們也就不能欣賞「冠蓋滿京華，斯人獨憔悴」這樣的好詩句了。也許您想不到，通過現代科技，您對千里之外的一個晚輩產生了巨大的影響。我很欣賞與羨慕美國人身心舒展的狀態，反觀國內，則充斥戾氣與奴性。這當然沒辦法頓時改觀，只有不懈努力了。這些好與不好，也都算是這個時代人的天命吧，除了安於天命，似亦無路可走。有時又想到，我因為某種機緣，得以拜識幾位前輩，看到今後很難再現的人文風景，也是大福氣。說句僭越的話，我覺得我是能理解您現在的心情的，用「消極」之類的「毛話語」評語當然是很可笑的，我覺得這只是經歷了很多之後，到了這樣的時候，自然而然的流露。盛老生前羨慕別人無疾而終，說「大是福氣」，我很理解。我覺得，坦然面對與談論生死是好事。如果說這叫衰頹，那就衰頹好了。很想將周夢蝶先生的一句話送給您：「我是一冊憂愁的稿本。沒有忿怒、不知嫉妒的活下

去，這就是我的命運。黑的夜，藍的天，都與我無關；在我的夢魂中，我覺得，我是很嬌好的。」順便奉上周先生的一些作品。說了這麼多，無非希望您順心，也許不著邊際，但都是真心話。再聊，祝好！

何滔敬上

先生：您好！（主題詞：信箱是否有問題）

近日寄出幾信，均未得回音。信箱是否有問題，只能寄不能收？

您寄來的材料我都能收到，但我寄給您的信卻似乎未收到。納悶，鬱悶！

永平上

2008-01-09

先生：補寄拙稿一篇，關於聶紺弩先生在反胡風運動中。

請提意見。

永平上

wu yongping，您好！（主題詞：舒蕪覆）方管上

舒蕪先生寄來對《聶紺弩先生在反胡風運動中》的批註：

1944 年周恩來代表中央派遣何其芳、劉白羽來重慶宣讀（舒蕪批註：應該是宣講）「延座講話」，胡風看不起他們，稱之為「馬褂」。而聶紺弩卻作《論申公豹》諷刺胡風，稱其「因為自己沒有得到『封神』的使命，心懷嫉妒，在路上與奉得了使命的姜子牙為難」。

……

由此可見，聶紺弩此行也是「奉命」，其扮演的角色與何其芳當年赴重慶時頗有幾分相似，稱其為「文藝特使」，庶已（舒蕪批註：庶幾）不差。

……

聶是從「舊壘」中出來的，他曾自述云：「入黨以前，我做了八年國民黨，所有的社會關係也都是國民黨。」舊識滿天下，故交盡冠纓，如在日本結識的楊玉清（曾在國民黨中央社會部任職）、留蘇時的同學康澤（曾任國民黨復興社書記）和谷正綱（曾任國民黨中央社會部部長）、桂林時結識的卓衡之（曾任國民黨南京市黨部主任）和曾養甫（曾任國民政府交通部長）、重慶時結識的張道藩（曾任國民黨中宣部部長）（舒蕪批註：張道藩似乎不是此

列）……都是國民黨的高官。說句笑話，要想把聶的「歷史問題」查清楚，三個月時間哪裏夠。

……

這番亦莊亦諧的表述，有幾分真、幾分假，只有聶本人才能說得清。若較真地考察聶與革命者的關係，聶在黃埔軍校（1924 年）「第一個碰到的人」可以說是周恩來，在莫斯科中大（1926 年）「第一個碰到的人」可以說是鄧小平（舒蕪批註：似乎沒有親密關係）。他就是不說，審查者也應該知道。

先生：您好！寄回的稿子收到，意見看過，都很恰當。

「第一個遇到的人」，提到鄧小平，是開玩笑。鄧小平與聶關係確實不親近，但聶從山西釋放回北京後，鄧聽到他的遭遇後曾笑著說過一句話。我就把他寫進去了。這稿還要改，我很尊重聶老，如何表述他在運動中的心路，還要斟酌。

永平上

先生：您好！（主題詞：還有一小稿）

近日還寫了一小稿，談俞汝捷先生對《李自成》所作的精簡。俞先生花了兩年工夫，把姚《李自成》精簡了一百萬字，又補寫了二十萬字。這套書月內將由長江文藝出版社出版。

永平上

（附件：談俞汝捷先生對《李自成》第一卷所作的精簡）

2008-01-10

舒蕪先生寄來《國富國窮》《信陽事件中的斷網悲劇》《中國歷史上最著名的十四次人口滅殺》等網文。

2008-01-11

wu yongping，你好！讀《聶紺弩》後有幾點小注收到否？舒蕪上

先生：您好！收到您對聶在胡風運動中意見，當時已覆信。不知什麼緣故，您又沒有收到。我在上信寫道：「第一人」提鄧小平是遊戲之筆，由聶的遊戲之筆而心血來潮。其他意見也都看過，很好，都照改了。錯別字幾個，是我太不小心了。

這文章還是要寄往上海「悅讀」，他們約的稿，還未寄，想再改改。

永平上

wu yongping，您好！這封信收到了。舒蕪上

wu yongping，您好！曉風恰好顛倒了。舒蕪上

（舒蕪先生這封信是對我 2007-06-11 的一封舊信的答覆，談「師爺」和「軍師爺」事，吳注）

wu yongping，您好！那天胡喬木做的報告，我日記上有詳細記錄，回南寧向市委彙報後，還奉命在市裏多次傳達過，還組織過學習。舒蕪上

（舒蕪先生這封信也是對我 2007-06-11 的一封舊信的答覆）

先生：您好！突然收到您對兩封舊信的答覆，甚有趣。我查了一下，是去年六月間寫的。永平上

2008-01-12

舒蕪先生寄來《吃刺蝟的年代》等網文。

2008-01-13

舒蕪先生寄來《最後一課：如何度過我們的一生？》《著名畫家吳冠中炮轟中國美協、畫院》《女士胳膊與道德底線……》等網文。

2008-01-16

舒蕪先生寄來《巴山文革紀事兩則》等網文。

2008-01-18

舒蕪先生寄來《紫陽祭日，街頭祭奠》網文。

先生：您好！收到祭趙紫陽文。永平上

先生：您好！（主題詞：小文一篇）

寄上一小文，題為《聶紺弩談胡風與伍禾》。收稿後請覆信。

永平上

2008-01-19

先生：您好！寄去的小稿收到了嗎？永平上

wu yongping，您好！沒有收到。舒蕪上

wu yongping，您好！（主題詞：拜讀）

大作拜讀，這些事情全不熟悉，提不出意見。河南大學出版事如何？舒蕪上

先生：您好！年前曾去信詢問，答覆是五月出書。元旦後去信問候，未得回信。連絡人可能出差去了。

待再去信問問。

永平上

2008-01-21

Wu yongping，您好！郵件主題詞「第三次思想解放蓄勢待發」。舒蕪上
（附件：《第三次思想解放蓄勢待發》）

舒蕪先生寄來《中國是否趕上了時代潮流》《北約將領倡議核武先制攻擊》等網文。

2008-01-24　聯繫出版事

先生：您好！

今天收到河南大學袁喜生來信，談書稿出版問題。我的去信及他的覆信如下：

喜生兄：您好！久未通信，非常掛念！

請教三事——

1. 拙著《舒蕪胡風關係史證》，是否已進入出版程序，是否能如兄所言，於今年5月出版？

2. 我從去年開始撰寫另一部書稿，《胡風家書詳解》（暫定名），初稿已完成，正在修訂。不知這部書，貴社是否有興趣？

3. 另外，我有一部舊著《李蕤評傳》（李蕤是建國後河南省文聯第一任副主席），1999年作家出版社出版，版權期將滿。我想把它修訂一下，也交貴社出版，不知貴社能否接受？

敬頌

冬祺！

湖北吳永平上 2008-1-21

抄送侯惠娟女士，請轉告喜生先生。他也許出差了吧？

2008-01-21

永平兄：大箚收悉，謝謝您的問候。

〈史證〉的出版進度稍有變化。原計劃 5 月在鄭州舉辦的書市提前到 4 月了，而列入文藝風雲書系的 5 個新選題還有 3 個沒有交稿，現有的兩個即便趕出來，也很難形成規模，因此社裏對原來的出版計劃做了調整，把主要編輯力量都安排到 4 月能出書而且成規模的選題上了。這樣一來，書系的選題只有等到書市以後才能接著進行了。雖然自去年下半年我的工作重點已轉移到北京，但書系仍由我負責，我一定抓緊催促，使大作早日問世。

袁喜生

08-01-24

喜生兄：您好！

非常高興地收到了您的回信。我估計您是出差到外地了，所以把信的抄件也寄給小侯了。

希望拙書稿能在今年出版，北京的一些老人們都很關心它。

另外兩部書稿以後再說吧。

並頌

春節愉快！

湖北永平上 2008-1-24

2008-01-25

Wu yongping，您好！郵件主題詞「好玩，比昨天的好玩」。舒蕪上

（附件：《臺灣網友提供一組非常有趣的圖片證明：兩岸人民都是中國人》）

2008-01-28　舒蕪談聶傳作者周健強

先生：您好！

謝謝！我單位有一位年青同志，寫了一本《聶紺弩傳》（長江文藝出版社今年初出版），他在介紹其著的一篇文章中寫道：「關於聶紺弩的傳記，此前只有一本周健強寫作的《聶紺弩傳》，1987 年在四川人民出版社出版。周氏是聶紺弩的侄女，寫作中多有『為尊者諱』之處。主要根據聶紺弩的口述

寫成。」

　　永平上

　　wu yongping，您好！不是。健強是湖南人，聶是湖北人，周穎是河北人，沒有親族關係。健強之父是民革，蒙冤獄，同為民革的周穎為之奔走昭雪，健強乃成為聶門後輩。舒蕪上

2008-01-29

　　舒蕪先生寄來《有趣的動機罪》等網文。

　　先生：網文，沙葉新近作。永平上

　　（沙葉新：《糞土當年郭沫若》）

2008-01-30　談出版事

　　舒蕪先生寄來《廣州站旅客被迫當眾大小便，凍暈百人》《救災遲緩》等。

　　又寄來《布什總統2008年國情咨文》。

先生：（主題詞：出版事）又聯繫了一家出版社。永平上

　　　吳老師：您好！

　　　　「新史學文叢」選題在廣東人民出版社已通過社裏、集團審批，待春節後再到出版局過。按常規，估計能過。你的《胡風關係考》也在其中，特先告您。詳情待節後再說。預祝春節愉快！

　　　　　向繼東

2008-03-23　舒蕪寄來「口述與胡風關係」

　　wu yongping，您好！（主題詞：有附件）舒蕪上

　　（附件：《舒蕪口述與胡風關係》。錄如下：）

　　（1）我帶著什麼思想與胡風相遇

　　一句話：魯迅加馬克思——繼承五四傳統　以馬克思主義來追求進一步個性解放

　　核心：個性解放

　　把胡風看作魯迅繼承人　是文化導師而不是文學導師

　　自己好文學而不想做文學家，只想做思想家，對胡風文學上的主張始終

不甚了然

　　不知道他反對的主觀公式主義和客觀市儈主義究竟何所指對茅盾及其門徒沒有「同仇敵愾」之心，

　　早就覺得他孤立，這引起我與他最初的矛盾，中間我沒有一篇參加整肅文藝。最後寫了關於批判胡風宗派主義的材料

　　（2）胡風對我的培養教誨

　　替我介紹《論存在》《論因果》《文法哲學引論》

　　吸引我做啟蒙運動

　　建議寫《人的哲學》

　　指引和發表《論主觀》等一系列文章　《論主觀》寫作背景（才子集團問題）

　　《論主觀》的意義　一方面得到歡迎，一方面給以迎頭痛擊

　　《希望》第一期上《論主觀》加我的文章雜文占七分之二

　　雜文都反封建法西斯　國民黨　馮友蘭　錢穆

　　挨批後胡風再三鼓勵我再接再厲

　　但另一面

　　胡風在周恩來面前聲明：發表《論主觀》是為了批評

　　我當時毫無所知，後來才知道，有失落感

　　（3）我與胡風的逐漸疏離

　　答辯文章始終寫不好

　　勝利後我沒有參加胡派對文藝的大批判，還是因為我弄不清他們的文藝主張，客觀上也是擺脫宗派

　　解放初胡一再告訴我書店不肯出我的書，可路翎、阿壟的書仍然出，更有甩掉我之勢

　　（4）我發表檢討問題

　　解放初我遠在南寧，與文藝界遠，一解放就參加領導思想改造，我就用思想改造觀點來看問題——問題都可以擺出來談，所以後來我一切檢討和批評就都公開進行

　　胡也贊成我的體會，還提醒我《論主觀》公案遲早要算，

　　五一年中南區文代會上發言者都做了檢討，我也做了，這是第一次，反應一般，綠原立刻寫信向胡報告。

五二年紀念《講話》十週年，我發表《從頭學習》，點了幾個人的名，還是以思想改造的觀點希望大家一同過這個關

（5）批判胡風宗派主義文章

宗派主義是「下綱」性質問題，是胡喬木順帶說起的選題

恰與我最初的看法吻合，正好接受

根本不存在「交信」，更不存在什麼「間接交信」

葉遙文章為證。

（6）幾個特點

我一切公開進行　胡風則於一九五四年就密上三十萬言書，引用我給他的私信，對我進行政治誣陷，方式是密告，時間比我引他的信早一年。

胡風把我認識得很全面，我認識他只是一面

我以追求個性解放始，中間放棄思想自由，現在回歸思想自由

先生：您好！收到《口述與胡風關係》，非常簡潔。似是為我那本書所作的概要。

這是您正在口述的一篇文章的提綱嗎？

永平上

wu yongping，您好！上信有正文云：最近陽光衛視「親歷」節目找我談與胡風關係，我談了，他們嫌棄細節太少，可能不用。茲將談話提綱發上備參考。我還問大作何時出版。不知道正文為什麼沒有發過去，只去了附件。
方管

先生：您好！

早上打開信箱，收到您三封郵件，都沒有正文，只有附件，附件且相同。

拙著早已交給河南大學出版社，春節時曾與編輯聯繫，他說「文藝風雲書系」曾約數人寫稿，他們尚未寫成，要等有幾本再一起出。說是今年有可能。

春節後又接到湖南向繼東信，他為廣東人民出版社組稿，說已將拙著申報本年度出版計劃，說是有消息即告之。但還未收到來信。

永平上

先生：您好！

我的信箱收信一直正常，您的每封信都能收到。

我寄給您的信卻似乎有問題，應檢查一下信箱。

書稿出版尚無消息，我也著急，但沒有辦法，只有等待。

永平上

先生：您好！收到陽光衛視提綱，已覆信。

現寄上一篇未定稿，今年紀念周恩來，這篇文章似逢其時。

永平上

（附件：《胡風書信中對周恩來的稱謂演變考——紀念周恩來誕辰 110 週年》）〔註 184〕

wu yongping，您好！文章很好，哪裏發？舒蕪上

先生：您好！還沒想好刊物，先放放。您說，哪個刊物最合適呢？永平上

2008-03-28　與上海陳飛雪談出版事

wu yongping 兄，你好！文匯報陳飛雪女士，新調上海某出版社（她告訴我出版社名，我忘記了），我將尊稿情況問她有沒有辦法，她說有興趣，請您和她聯繫。她地址是：linghufei163@163.com.舒蕪上

先生：您好！

陳飛雪女士所在出版社可能叫「文匯出版社」。我馬上給她寫封信。

永平上

先生：您好！已給上海陳飛雪女士寫信寄稿。

附上一篇短文，如無意見，我想寄出投稿了。

永平上

（附件：從《胡風致舒蕪書信全編》中的「梁老爺」說起）〔註 185〕

2008-04-28　賈植芳病逝

先生：（主題詞：賈植芳先生去世）

請看下面的消息。永平上

電訊：著名文化老人、復旦大學終身教授、文學研究界泰斗賈

植芳先生因肺炎引起的呼吸衰竭於 2008 年 4 月 24 日晚 18 時 46 分

〔註 184〕後載於《新文學史料》2008 年第 3 期。
〔註 185〕後載於《博覽群書》2009 年第 2 期。

在上海市第一人民醫院逝世，享年 92 歲。

　　賈植芳先生 1916 年生，山西襄汾人，筆名楊力、冷魂等。曾赴日本東京大學學習，早年主要從事文藝創作和翻譯，他在眾多領域做出了令人矚目的成就，是著名的「七月派」重要作家之一。曾任《時事新報》、文藝週刊《青光》主編。新中國成立後，歷任震旦大學中文系主任，復旦大學教授、現代文學教研室主任，博士生導師，圖書館館長及中國比較文學學會名譽會長，上海比較文學研究會名譽會長，復旦大學中國古代文學研究中心顧問等職。

　　賈植芳先生長期從事中國現當代文學研究，是我國現代文學史上著名的作家、翻譯家、學者。作為中國現當代文學著名學者以及比較文學學科奠基人之一，賈植芳不僅為學術界培養了一批中堅力量，更一生勤勉，筆耕不輟，著有《近代中國經濟社會》《中國現代文學主潮》《賈植芳小說選》《外來思潮和理論對中國現代文學影響》《歷史的背面——賈植芳自選集》等，有譯著《契訶夫手記》《俄國文研究》等著作。賈植芳先生一生頗多坎坷，晚年回憶錄《獄裏獄外》在知識界產生重要影響。先生也是上海巴金文學研究會顧問。上世紀八十年代初，賈植芳先生主編《中國當代文學研究資料叢書·巴金專集》《巴金作品評論集》《巴金寫作生涯》等多種珍貴的巴金研究資料。有《賈植芳文集》四卷。

　　wu yongping，您好！當天張業松先生發訃告來，我覆信叩唁，張又有回信。舒蕪上

2008-05-03　與祝曉風談出版事

　　wu yongping 兄，你好！陳飛雪女士那裡也沒有音信吧？今天又有一機會：祝曉風博士，原在中華讀書報，現任《中國報導》中文刊主編，今天來談，他願盡一份力，向香港設法看看。我將朱正序言作為材料給了他，並將你的地址給了他。他的地址是：chensyab@163.com，請直接聯繫，先不抱大希望，試試吧。

　　bikonglou@163.com

先生：您好！收到信很高興。

　　陳飛雪女士那裡沒有回音，我想，她那裡不太可能。因她所在的出版社

為「譯文出版社」。

下午，我會給祝曉風先生去信，並把書稿寄給他。

祝一切好。

永平上

2008-05-05　祝曉風介紹魯靜

先生：您好！照片收到，先生精神矍鑠，甚慰。

今日接祝曉風電話，他介紹我找人民出版社的魯靜女士，並把她的電話和郵箱相告。還簡略地談到出版事，讓我寫簡歷、成果和著作提要，以便申報出版計劃。

我已給魯靜女士去信，明天把所需材料寄去。

永平上

魯靜女士：您好！

頃接祝曉風先生電話，告之您對拙著有興趣，願意在出版事上幫忙，非常感謝。

我的簡歷、成果及拙著內容提要將於明日寄上，請稍候。

順頌

編安！

湖北省社會科學院吳永平上

2008-05-06

先生：您好！昨日收到魯靜（人民出版社）來信，我已覆信，並於今日寄去所要材料。我估計此事成功可能性不太大。另外，我於昨天給河南大學出版社去信，催問出版事，還未收到回信。永平上

2008-05-07　與袁喜生談出版事

先生：您好！這兩天都有信去，沒收到嗎？

永平上

wu yongping，您好！這兩天的信沒有收到。魯靜是誰？是陳飛雪的關係？還是祝曉風的關係？舒蕪上

先生：您好！魯靜是祝曉風的關係，人民出版社編輯。

我問過祝，他說他手頭沒有出版社，並說最好能先在國內出版，再弄到

香港出版。

前天與祝曉風聯繫後，他第二天打電話給我，介紹魯靜，並把魯靜的郵箱告訴我，讓我寫簡歷成果提要等。可見，他們是商量過的。第三天我即把材料全寄給魯靜。

由於魯只是一個小編輯，出版事希望不太大。

永平上

先生：您好！（主題詞：河大將出書）

今日接到河南大學袁喜生先生信，如下。看來這本書可以出版了。他想見您，你同意嗎？如同意，我就把您的地址及聯繫電話告訴他。

> 永平兄：
>
> 您好！大作仍由侯老師責編。按照社裏統一安排，她須完成目前手中的一部古漢語專書後，方能全力投入大作的編校工作。大作和「文藝風雲書系」中另外幾本計劃9月出書。我目前以北京方面的工作為主，您什麼時候到京辦事，請和我聯繫。如果方便，請您引薦我見見舒蕪先生。順頌
>
> 著安　喜生

> 喜生兄：您好！
>
> 獲知拙著將出版事，非常高興。能與侯老師再次合作，也是幸事，她非常負責。
>
> 近期我可能沒有時間到北京去，奧運會臨近，上京不太方便。
>
> 您長期駐北京，想結識舒蕪先生很是方便。只是他年事已高，我須得先問問他的意思，看有無精力唔談。得到答覆後，我將把具體的聯繫方式轉告您。
>
> 有無我的「引薦」沒有關係，舒蕪先生早就從我的信中知道您的大名了。
>
> 請問您在北京的聯繫方式，手機或辦公電話。
>
> 永平上

wu yongping，您好！見面事，我看等你到京辦事時再說吧。目前暫且無多話可談。是不是？方管上

先生：我想這樣辦也好。我將對袁喜生這樣說，等書出了後我將會去北

京，那時奧運會也閉幕了，交通方便，一起去看望舒蕪先生。

好嗎？

永平上

wu yongping，您好！好的。舒蕪上

2008-05-09 至 2008-11-11　郵件丟失

2008-11-12　魯靜談合同及送審事

魯靜女士：您好！

拙書稿能否列入貴社 2009 年出版計劃，請告之。

順頌

冬祺！

湖北吳永平上

你好。合同我社已蓋章，我抽空會寄你一份，請將地址發我。

書稿需要送審，再聯繫。魯靜即日

2008-11-19　舒蕪談送審

先生：您好！

上周給魯靜去信，問書稿下落。

今日得其覆信，似乎又有希望了。

永平上

wu yongping，您好！合同既已蓋章，仍要送審，還是莫名其妙，與我們往日所知程序不合。舒蕪上

2008-11-24　袁喜生說情況有變

先生：（主題詞：河大出版事有變）請看如下來往事件。永平上

喜生兄：您好！

久未通信，不知近況，甚為惦念。

拙書稿處理情況如何，請告之。

明年二月，我打算赴京參加老舍討論會，不知有機會見面否？

順頌

編安！

　　　　湖北省社會科學院：吳永平

　　永平兄：

　　　您好！11 日來函收悉。因今年以來我主要在北京作《中華大典》,「文藝風雲書系」無專人負責,所以進展很慢。我原和新任總編商議 9 月出書,後因趕出別的套書,被拉下來了。現在看來,年內已不可能出來,須申請 2009 年的新書號。我這次回開封參加 2009 年選題論證,已把大作和「文藝風雲書系」另外兩個遺留選題作為新選題申請書號,要求元月出書,爭取北京書市與讀者見面。我在河大網的信箱屢出毛病, 不大好用, 再來函請發新郵箱 hytzr@163.com。明年 2 月如無特殊情況,我應當在京。我在京電話號碼是 010-84852516,請隨時聯繫。

　　　　袁喜生

2008-11-19

　　先生寄來徐景安《院長職能定位是中國社會科學院改革的首要問題一評陳奎元院長的講話》等網文。

2008-11-27　　舒蕪寄來 pps「老了」

Wu yongping,您好！（主題詞：談老）舒蕪上

　　（pps:「老了」）

先生：您好！

　　看了幻燈片,懂得了「心靜如水」的妙境,更懂得了要「善待自己」。

　　永平上

2008-12-07

　　舒蕪先生寄來金雁《「東歐民主的策源地」——紀念波蘭獨立 90 週年》等文章。

2008-12-11　　杜谷來信

先生：您好！

　　突然收到成都杜谷先生寄來的贈書及附信,他在信中說,幾位朋友讀到我在《中國現代文學研究叢刊》上發表的《胡風書信隱語考》,將文章複印給

他看，讓他寫文章澄清歷史真相。

我那文章裏有一節是談「成都流氓和企香」，說有兩種可能，一是指何其芳，二是指杜谷。但沒有確定。

杜谷來信稱我的文章是實事求是的，是公正的。但他對你在《新文學史料》上發表的給胡風的信中關於他和平原詩社的幾封信很不滿，認為你的態度不對。

他給我的贈書和信，主要是談張瑞和阿壟的關係，尤其是張瑞的自殺問題。他說他是沒有一點責任的，阿壟全是誤解。還有一份打印稿，題為《隱忍六十年──關於我和阿壟與張瑞》。

他想公開發表這文章，向我要《中國現代文學研究叢刊》的地址。

隨便提一句，人民出版社的魯靜說寄合同，到現在還未收到。

永平上

　　吳永平先生：您在《中國現代文學研究叢刊》2007年第6期上發表的《胡風書信隱語考》一文，剖析了「成都流氓」一語的來歷，實事求是，客觀公正。我的朋友寧波大學教授錢光富博士和四川師大教授龔明德先生都將大作複印件寄我，囑我澄清事實。現將拙作《誰是被侮辱與被損害的》一文（載拙著《霜葉集》中）及拙作《隱忍六十年》一併寄上，以供研究參考。

　　順頌

敬禮

　　杜谷 2008 年 11 月 28 日

　　又及：《中國現代文學研究叢刊》的編輯部現在何處？便中能否告我？謝謝。

明德先生：您好！

　　突然收到成都杜谷先生寄來的贈書、附信及打印文章。他在信中說，你及另一位朋友讀到我在《中國現代文學研究叢刊》上發表的《胡風書信隱語考》後，將文章複印給他看，讓他寫文章澄清歷史真相。

　　他來信中說我那文章是實事求是的，只是對當年阿壟、舒蕪對他的誤解十分不滿。

　　當時我寫「成都流氓和企香」時，對張瑞的死與杜谷的關係也

是有懷疑的，我看出胡風派核心成員為此事「幫同伐異」，完全不管事實真相如何，就胡亂要報復。此外，我也覺得胡風阿壟舒蕪路翎為張瑞事遷怒於平原詩社更是不公正的，不管怎麼說，平原詩社是進步社團，其影響不下於重慶的「詩墾地」。

張瑞與阿壟事，她妹妹曾寫過回憶文章，好多年前看過，現在完全忘了，你還有印象嗎？也可問問杜谷先生。

請轉告杜谷先生，他的贈書和信及文稿均收到了，我過幾天再給他寫回信。怕他等得著急。

他想要《中國現代文學研究叢刊》的地址，請轉告他：該刊地址為北京朝陽區文學館路 45 號，郵編 100029

其實，他這類回憶文章最好寄《新文學史料》，寫得越長越受歡迎。也請你轉告杜先生。

又，我在《粵海風》第 6 期上發表一篇考據文章，題為《胡風與「高爾基待遇」及其他》。《博覽群書》上有兩篇短的。

問好！

永平 2008-12-11

吳先生：我回裏樊同我的老師劉誠言老師談起您，他跟您熟悉，您幫他從法文轉譯過老舍的材料。您的文章，我已經下載了一些，實在無法找到的到時再求您複印或發電子郵件。杜谷和我住在一個院子，他跟北京的刊物都有聯繫，他原來是我們文藝社的副總編，路子也廣。您的意思，我見到他會轉告。謝謝您的文章，給我以學習的好教材。龔明德 2008-12-11

明德先生：您好！

我和誠言先生是好朋友，十年前在老舍紀念會上認識，但我不知道他是你的老師。我的老舍研究也是做考據文章。

劉老師研究老舍的幽默較早，有成就，一位韓國留法博士寫了一本書，裏面提到他。年初，《文藝理論與批評》約我翻譯，我譯了兩篇，發了一篇，另一篇就是那書裏的提到劉老師的那段。也許編輯嫌作者是博士生，名氣不大，至今還未採用。我不好同劉老師講，明年初北京開會時再告訴他。

你和杜谷先生住得那麼近，請教就方便了。

張瑞的自殺是一件歷史公案，胡風朋友的通信及路翎的劇本《雲雀》都有提到，是到澄清的時候了。建議杜谷先生趕緊動手寫，他背了這麼多年的冤枉，真是苦呀！我看了《霜葉集》和打印的那文章，兩文如能綜合起來，從相識寫到分手，最好不過。

杜谷先生不是胡風派，胡風派也從來沒有把他當作自己人，他其實是不必為胡風派負疚的。

至於我的那些文章，網上基本都有，如找不到，我就把電子文稿寄給你。謝謝你看得起。

永平 2008-12-11

wu yongping，您好！（主題詞：關於杜谷）

當時胡風派中人全聽守梅介紹情況如此如此，自然難免片面，眾口一詞。現在當事人出來澄清，值得歡迎。我曾見過蘇予（張瑞之妹，本名張瑜，筆名蘇予，改革開放後一度任《十月》主編）發表在《十月》上的專門回憶張瑞之死的文章，當時曾奉告。未知杜谷先生見過否？舒蕪上

wu yongping，您好！（主題詞：關於杜谷二）

杜谷本在〈七月詩叢〉中有詩集一種，事變後的廣告上，即將他的這一種除名，等於派紀律的制裁。舒蕪上

先生：您好！

杜谷先生當時不瞭解那些具體情況。

我還未給杜谷先生回信，待去信時把這一切都告訴他。

你當年給胡風的信中有，主張用「流氓」手段懲治與張瑞自殺有關的那詩人，還加注說：「那詩人，指杜谷。」他對這信及注特別反感。

他在文章中不怪胡風，也不怪阿壟，獨怪你。這有點說不通。

永平上

2008-12-12　續談杜谷

wu yongping，您好！我們當時所知情況主要來自阿壟所說，同時在成都的方然也傳了一些。舒蕪上

先生：您好！

　　當年你與杜谷素不相識，其印象當然來自阿壟和方然。在信中表現的對張瑞自殺的惋惜，對杜谷的憤怒，都是受朋友們的影響。

　　我認為，你在這問題上是無可指責的。

　　在第 6 期《粵海風》上，發表了我的《胡風與「高爾基待遇」及其他》，這文章是寄給你看過的，後來又作了一些修改。

　　永平上

　　今日改成「胡風與《魯迅全集》及《大魯迅全集》」

2008-12-13　談《牛漢自述》

先生：您好！（主題詞：牛漢近作）

　　今天在網上偶然讀到《我仍在苦苦跋涉——牛漢自述》（全書即將由三聯書店出版）中的一部分，題為《我與胡風及「胡風集團」》，文中有一部分又談到你，還談到你的「歷史問題」，如下——

　　　　1953 年之前，舒蕪在廣西南寧中學當校長，綠原在武漢《長江日報》。解放初舒蕪與胡風通信，跟我不認識。1944 年在重慶舒蕪由路翎引薦認識胡風，成了胡風身邊最信任的年輕人。胡風的《論主觀》發表前和他商討過，但後來他不敢承認。《論主觀》是針對 1942 年毛的「講話」的。

　　　　文藝為政治服務，為無產階級政治服務，這太功利了。只有階級性，根本否定人性，人文精神都排斥了。但到現在胡風家人與舒蕪也不敢說《論主觀》是針對 1942 年毛的「講話」的。

　　　　1952 年，舒蕪寫了學習毛澤東「講話」體會的文章，在綠原所在的《長江日報》發表了。《人民日報》很快加按語轉發了。舒蕪 1938 年在老家加入共產黨，後來自首，整個支部自首了。建國以來，自首的性質和叛徒差不多。這是他人生最大的隱患。舒蕪內心恐慌。要發展，要有好前途就必須擁護毛澤東，跟著幹。這是他「積極」表現的背景。1953 年又發表《致路翎的公開信》，更進一步表明了他的態度。九十年代初，我跟他在電話裏談過他內心的真實情況，他迴避。

　　　　舒蕪肯定是上邊對他做了工作，讓他揭發「胡風集團」的內幕。1953 年 4 月他奉調人文社古典室搞《紅樓夢》研究。共產黨是把他

當「胡風集團」的「起義」分子看待的。

聶紺弩和舒蕪關係不錯，和胡風關係也好。紺弩因胡風問題被審查了一年，但最後沒有定為「分子」。

舒蕪交出信件是個大事件，證明「胡風集團」有人「起義」了。舒蕪說聶紺弩同情他，我知道紺弩內心不是這樣。我跟紺弩談過。你舒蕪交信考慮過後果沒有？你舒蕪交出的信，成為中央為「胡風反革命集團」定性的主要依據。後果他知道，不僅僅是交材料，都是自己的好朋友，怎麼能這樣？！

1983 年，在中國作協開過有關胡風問題的座談會。事後舒蕪找過胡風，胡風沒讓他進太平巷的門。胡風拒絕見他。

1977 年至 1978 年，紺弩在西城北師大女附中附近的郵電醫院住院，我每個禮拜去看望他，也談到舒蕪。你舒蕪交了信，「集團」定了性，「反革命」的命運就這樣定了，你坑害了多少人。1955 年他還到處在學校做揭露與批判「胡風集團」的報告，我後來看到這些材料。

wu yongping，您好！承示材料，謝謝。牛漢所說多有與事實出入處，特別是關於我的歷史問題，出入尤多。而且將關於別人歷史問題的公開，涉及政治組織規則，似乎不是隨便可以作的。吾兄以為如何？舒蕪上

先生：您好！您說的有道理。但是，牛漢這書出版後，關於您歷史的流言勢必流傳開來，那時如何是好？永平上

2008-12-14　舒蕪致吳彬信

先生：您好！（主題詞：再談牛漢自傳）

吳彬女士如有答覆，望見告。

牛漢說《論主觀》是反「延座講話」，也是臆測。

永平上

舒蕪先生與《牛漢口述》的出版社編輯吳彬聯繫。來往信件如下（有丟失）。

吳彬女士，你好！

前信已略說關於牛漢自傳中擅行宣布我的所謂「歷史問題」，茲再細說一下。按照向來組織原則，只有組織上有權宣布或不宣布一個人的歷史問題結論，二者都是嚴重的政治組織措施。任何別的個

人都沒有這個權。現在牛漢以個人身份宣布「舒蕪是自首分子」，這個結論根本不符事實，況且他根本沒有這個權，要負法律責任。貴店作為該自傳的出版者，我希望我們配合防止這個嚴重事件的發生。敬請轉告貴店編輯部。舒蕪上

2008-12-14

方伯伯：

我剛看到您的信，三封信都轉給領導了，請他們留意這件事。牛漢的書我沒看過，但知道我們社裏出了這本書。

看來您近日身體完全康復了，還是請多保重，快到牛年了，預先祝您新的一年裏健康愉快！

吳彬

先生：您好！（主題詞：再談牛漢自傳）

牛漢回憶錄已經出版。

網上讀到一篇介紹，裏面談到我的幾篇文章。如下——

《胡風會不會成為周揚？》作者：王曉漁　來源：東方早報日期：2008-10-12

（引文全略，吳注）

永平上

wu yongping，您好！（主題詞：關於牛漢自傳已經出版）

既然已經出版，吳彬大概也不好回我信說什麼了。好在三十萬言書對我的政治歷史已經作過誣陷，牛漢也並無甚新意。舒蕪上

吳彬女士：（主題詞：關於牛漢自傳已經出版）

原來牛漢自傳已經出版，那就不必說什麼了，好在對我的政治歷史的捏造誣陷，胡風的三十萬言書已經開始，公道自在人心，麻煩恁了。請多原諒。舒蕪上

2008-12-22　魯靜寄來出版合同

先生：您好！（主題詞：收到合同後的通信）

今日收到正式合同，人民出版社已經蓋章。

稿費標準千字25元，雖然很低，但我可以接受。通過審查後，半年內出

版，也許會有波折，但我很高興。

希望出版事順利！

永平上

wu yongping，您好！（主題詞：收到合同後）

怎麼還要有一個送審時間？舒蕪上

先生：您好！

為這事我寫過幾封信問她，她總是這樣回答，弄得我不明白這「合同」有什麼用？

我覺得好像是這麼個過程：出版社同意出版，與作者簽合同，定下書稿，這是第一步。然後把打印稿送某部門審查，如通過，則進入正式編輯階段，這是第二步。

我現在剛進入第一步。

她這個出版社與其他出版社的程序好像不同。

永平上

wu yongping，您好！（主題詞：關於合同）

過去我在人民文學出版社工作，與人民出版社同樓辦公，人民文學出版社只要合同上雙方簽字，手續就完成。沒聽說人民出版社有什麼不同。法理上也該如此。雙方簽字後還要送什麼部門審查，法理上難以說通。舒蕪上

2008-12-25

先生：您好！

寫了一篇小文，關於牛漢的口述，已寄南方週末。編輯來信說要發。

永平上

（附件：《牛漢自述是一本有意思的書》）〔註 186〕

五、2009 年 1 月至 2 月

2009-01-30　赴京開會

先生：您好！（主題詞：將來京開會）

我將於 2 月 2 日抵京，開三天會，然後再呆兩天。

〔註 186〕後改題為《牛漢眼中的胡風》，載 2009 年 3 月 26 日《南方週末》。

老舍先生誕辰 110 週年紀念會，會址在西郊賓館。

散會後我想來看看您，如您身體狀況允許的話。我會在上午來電話約時間，我記得您下午是休息時間。

祝新春愉快！

永平上

wu yongping 兄，您好！歡迎。舒蕪上

2009-01-17　朱正序發表

先生：附件中是我與魯靜關於朱正先生序已發表事的兩封信。

希望此事能直到促進作用。永平上

> 魯靜　女士：您好！寄去的書稿想必已經收到了吧。今天在網上發現朱正先生序已發，載《博覽群書》。文中說「即將由東方出版社出版」。此事我事先並不知曉。順頌春祺。湖北吳永平上

> 你好。書稿近期剛剛收到，因現在臨近春節，事情繁多，來不及辦理報批手續。我打算等春節假期過後再著手辦理。朱正先生的序登出是好事，但在上面標明即將由東方出版恐怕不太嚴謹，畢竟還未通過報批，不過也沒關係。再聯繫吧。

>> 祝　節日快樂

>> 魯靜　即日

> 魯靜女士：您好！

>> 您說「朱正先生的序登出是好事」，我就放心了。

>> 但願能促成拙著順利出版。順頌

>> 春祺！

>> 吳永平

2009-02-08

先生：您好！

我將於 2 月 2 日抵京，開三天會，然後再呆兩天。

老舍先生誕辰 110 週年紀念會，會址在西郊賓館。

散會後我想來看看您，如您身體狀況允許的話。我會在上午來電話約時間，我記得您下午是休息時間。

祝新春愉快！

wu：（主題詞：小文呈教）

近作《論「沒意思」》一文，五月分將在《中國文化》發表；舊作《假如我是女孩》一文，四月分將在《萬象》發表。並呈教。舒蕪上

（附件：《如果我是女孩》《論「沒意思」——關於荒蕪的輟筆》）

2009-02-09　與袁喜生協商出版事

先生：您好！

這次在北京能再次見到您，並暢談許久，非常高興。

在國家圖書館裏找到了《泥土》全部及《起點》兩本，並全部拍照帶回，這也是一件令我喜出望外的事。

祝先生早日胃口恢復如常。

永平上

喜生兄：您好！

我已於8日晚返漢，7日去舒蕪家看望了老先生。

拙書稿出版事有變化，舒蕪先生聯繫了人民出版社，其下的副牌東方出版社有接收意向，並已將拙書稿交新聞出版總署審查。

我去北京開會前，還沒有收到你這封信。今天讀到，非常感謝你的熱忱。但，由於上述情況，建議貴社暫時把拙著的出版延後。萬一新聞出版總署同意交人民出版社出版，那就麻煩了。

在京時，我多次打電話給貴社在北京的辦事處，但無人接聽。

特此緊急通知，萬望見諒。

我是希望在貴社出書的，但舒蕪先生比較看重北京的出版社。這事弄得我很狼狽，覺得不好意思向你交代。

我手頭還有一部已成的書稿，《胡風家書疏正》。如貴社有意，我願意把該書稿交付給貴社作為彌補。

當然，如果拙書稿已進入編輯流程，那我只有通知人民出版社取消出版事宜了。我不會讓貴社為拙著蒙受損失的。但我感覺拙稿在貴社還未進入編輯流程，因為迄今並未收到責任編輯的信件。

再談。

祝節日好！

武漢永平

永平兄：（主題詞：問好並緊急通知）

您好！知道您已回到武漢。因要帶的書未能及時印出，錯過了與您和舒蕪先生在京見面的機會，非常遺憾。大作早由責任編輯侯老師處理過並通過複審，現正在總編手中終審，我準備在 15 號赴京前安排發稿排版，預計 5 月出書。聽說情況有變化，感到非常突然。請您向舒蕪先生說明情況，爭取仍在河南出版。如他堅持在北京出版，我們只好尊重他的意見。聯繫情況請及時通報。祝

元宵快樂！

袁喜生　2009-02-09

喜生兄：

收到及時的覆信，出版事我馬上與舒蕪先生商量，可能要稍待一段時間。如新聞出版社總署的答覆礙難接受，估計會責令在某些方面作修改，我會堅持讓貴社出版。

你還是讓貴社總編終審吧，如果能獲得通過，我在舒蕪先生處也好說話。

謝謝！

永平上

2009-02-10　舒蕪說「此書真可謂命途多舛」

先生：您好！

我已告訴河南大學出版社袁喜生，讓他繼續請總編終審，如果新聞出版總署對拙書稿提出礙難接受的意見，我即交河南出版。你意如何？請見告。

永平上

wu yongping 兄：此書真可謂命途多舛，總以能與讀者見面為求，請相機處理。方管上

2009-02-14　舒蕪寄來主題詞為「材料」的空白信

2009-02-17　友人問舒蕪近況

先生：您好！

我的老師周勃先生想請教，程千凡先生在 1954 年曾寫過一篇關於《紅樓

夢》研究的文章，收入您主編的由作家出版社出版的《紅樓夢問題討論集》。
他想問文章的題目，收入「討論集」的第幾集？

　　　　永平上

wu yongping，您好！

　　我在網上看到了有關老舍會議的消息。舒蕪那本書有新的進展嗎？春節
我曾發郵件向他拜年，但無回音，不知他健康情況如何？《學詩 26 講》的新
封面一直沒有出來，我也不急；上半年按原計劃會先寫幾篇有關收藏的文章。
俞汝捷

yurujie：您好！（主題詞：舒蕪近況）

　　舒蕪病後身體狀況大不如前，臥床時間多，三餐時起床，偶而操作一下
電腦，信息多不回覆，即使回覆，也只有幾字。他現在用的郵箱是
shuwfang@gmail.com

　　在北京時曾打電話給人民出版社那位編輯，她說書稿已交新聞總署審批，
又說這事不能催。我已作好兩手準備，如果北京不行就交河南出，河南已進
入終審。

　　　　永平

2009-02-20

先生：您好！

　　千帆先生論紅樓夢文我已找到。今天我去湖北省圖書館，找到了。還找
到千帆先生的一本書集《關於文藝批評的寫作》（湖北人民出版社，1955 年
版）。這是我的導師周勃先生想看的。

　　兩天不見來信，身體欠佳？甚念。

　　　　永平上

2009-03-03

先生：您好！

　　多日不見來信，是否身體欠佳，甚念！

　　　　永平上

2009-03-27　問魯靜出版事

方非：令尊住院，十分牽掛。為此我又致信人民出版社魯靜問書稿審查情況，

今日接她的回信，說：

「書稿已送中共中央黨史研究室審讀，至今已經快一個月，對方還沒有審完。請耐心等待。再聯繫。魯靜　即日」。請轉告令尊。

並頌早日恢復健康！

湖北省社會科學院：吳永平

　　魯靜女士：您好！

　　　　請問我的書稿已通過審查否？

　　　　舒蕪先生月前又住院了，聽說上了呼吸機！

　　順頌春祺！

　　吳先生：你好。書稿已送中共中央黨史研究室審讀，至今已經快一個月，對方還沒有審完。請耐心等待。再聯繫。魯靜　即日

2009-06-03　問魯靜出版事

先生：您好！

前天我又與人民出版社魯靜聯繫，下面是我的去信及她的覆信。

我很煩惱，總覺得對不起先生。

永平上

　　魯靜女士：您好！

　　　　請原諒我再次冒昧地給您寫信。

　　　　書稿送交審查已有半年之久，不知有無消息，請便中過問一下。

　　　　專此，並頌

　　健康！

　　　　湖北吳永平上 2009-6-3

　　吳先生：你好。我這中間已幾次託人問過黨研室，但都答覆說還未審完。沒辦法，書稿送審就是這樣，只能耐心等待了。有消息再聯繫。

　　魯靜　即日

2009-06-19

先生：您好！

附件中是網上看到的一篇文章，其中有一些珍貴的史料。

不知您近況如何，甚念！

永平上 2009-06-19

（韋泱：由舒蕪《掛劍集》想到的）

2009-08-18　報載舒蕪逝世

著名作家舒蕪 2009-08-18 日晚 23 時在北京復興醫院因病辭世，享年 87 歲。舒蕪同志治喪小組發布訃告稱，定於 8 月 24 日上午 10 時在北京復興醫院告別廳舉行舒蕪遺體告別儀式。

2009-08-20　舒蕪親友告別儀式

舒蕪子女寄來訃告：

家父方管（舒蕪）因病搶救無效，於 2009 年 8 月 18 日 23：30 在北京復興醫院去世，終年 87 歲。

近期將在復興醫院舉行簡單的親友告別儀式。

聯繫電話：13693297237

方非、方朋、方竹

2009-08-19

方非、方朋、方竹：您好！

驚聞令尊逝世，無比悲痛。

拙作迄未面世，甚為遺憾。

望節哀。

湖北吳永平

魯靜女士：您好！

轉寄舒蕪先生訃告，如下：（略，吳注）

吳永平

方朋兄：您好！

能否替我送上一個花圈，寫「敬悼舒蕪先生，後學吳永平」。

湖北吳永平上

筱贇先生：您好！

我已收到舒蕪先生家屬寄來的訃告。

年初我去北京開會期間，去看望過舒蕪先生，那時他的身體已經不行了，我心裏很難過。

今日諮詢去北京的火車票，無奈學生返京高峰已到，無法預訂。飛機票倒有，但我不喜歡這種交通工具。

正如你所說，舒蕪先生倒楣了一輩子，能夠在心中真正記得他的大概也只有我們這不多的幾個人。我想，能有人記得他，懷念他，尊敬他，先生在冥冥中應該是知道的，也會感到滿足的。

湖北吳永平上

2009-08-25　郭娟約寫紀念舒蕪稿

吳永平先生：您好！

三期已刊發了您的大作，過幾日您會收到刊物，稿費要更遲些時。舒蕪先生逝世了。我想明年第一期有一個專輯，邀請各方面有關人士寫文章。您研究舒與胡風較深，很希望您能寫一篇 1 萬 5 千字左右篇幅的重量級文章。12 月初給我。不知您同意否？您的那部關於舒蕪與胡風的專著是否該在此時出版了？或者已經出版了？祝一切好！

郭娟

郭娟女士：您好！

我是應該寫篇文章紀念舒蕪先生〔註 187〕。

九月開始寫，儘量達到貴刊的要求。

祝一切好！

湖北吳永平上

太好了！多謝多謝！等著您的大作了！郭娟

（網聊正文結束）

〔註 187〕 筆者將舊作《舒蕪胡風交往簡表》改定寄出，該文載《新文學史料》2010 年第 1 期。

附　錄

　　2005 年筆者得與舒蕪先生建立網聊關係，實與如下兩篇論文有著密切的關係。特予收存，以作紀念。

一、胡風「三十萬言書」的另類解讀〔註1〕

　　今年適逢胡風上書黨中央五十週年，重新回顧這個歷史事件，實事求是地分析其動機、目的和得失，並不是一件沒有意義的事情。

　　1954 年 7 月 22 日，胡風通過國務院文教委員會主任習仲勳轉呈黨中央的材料共有兩件，一件是「給中央的報告」，題目是《關於解放以來的文藝實踐情況的報告》（俗稱「三十萬言書」，以下簡稱為「報告」）；另一件是「給黨中央的信」（以下簡稱「信」），信首注明「習仲勳同志轉中央政治局、毛主席、劉副主席、周總理」，內容是對「報告」動機、目的和要點的提綱挈領的說明。「信」僅見於近年出版的《胡風全集》，過去未曾公開發表過〔註2〕，因此也從未引起過研究者們的注意。

　　「報告」長達「三十萬言」，「信」卻只有萬餘字。日理萬機的中央領導人也許很難看完冗長的「報告」，但讀「信」的時間和耐心還是有的。當年，

〔註 1〕 該文原題為《細讀胡風「給黨中央的信」》，載長沙《書屋》2004 年第 11 期。後被選入《二十一世紀中國文學大系》之「散文卷」，春風文藝出版社，2005 年 1 月出版。

〔註 2〕 《文藝報》1955 年第 1、2 期合刊以《胡風對文藝問題的意見》為題，以單冊形式刊發了「報告」的二、四部分。《新文學史料》1988 年第 4 期以《關於解放以來的文藝實踐情況的報告》為題，刊發了「報告」的第一、二、四部分。

「被推到絕路上」的胡風尚能慮及此，可見其考慮問題時仍相當周密。

客觀地說，「報告」中鋪敘了太多的歷史積怨和人事糾葛，讀後有令人墜入雲山霧海之感；而「信」卻沒有這些弊端，其措辭非常坦誠、準確和精警。

因此，要解讀和研究胡風的「報告」，最好的辦法是先讀讀這封「信」。

（一）胡風受到中央反高饒集團鬥爭的啟發，在「信」中有意識地將與周揚等的文藝理論分歧和宗派糾葛政治化，指出周揚等企圖「自立為王」，性質已由「非黨」變為「反黨」，敦促中央不能不著手解決文藝領域的問題。

1953 年 3 月以後，報刊上對胡風文藝思想的公開批判實際上已經停止。其後一年多，胡風赴東北、返上海、遷北京，擔任《人民文學》編委，享有從事研究和創作的客觀條件。1954 年 3 月，他為什麼突然決定撰寫「報告」，揭發周揚等「非黨」乃至「反黨」，促使思想問題政治化呢？這與當時中央高層的鬥爭有關。

1954 年 2 月，中央召開七屆四中全會，會議通過《關於增強黨的團結的決議》。決議不點名地批評了高崗、饒漱石的非黨（宗派）活動，並指出：「在中國新民主主義革命勝利後，黨內一部分幹部滋長著一種極端危險的驕傲情緒，他們因為工作中的若干成績就沖昏了頭腦，忘記了共產黨員所必須具有的謙遜態度和自我批評精神，誇大個人的作用，強調個人的威信，自以為天下第一，只能聽人奉承讚揚，不能受人批評監督，對批評者實行壓制和報復，甚至把自己所領導的地區和部門看作個人的資本和獨立王國。」

當時，高饒問題高度保密，知情者僅限於黨內高層人士。胡風通過聶紺弩打聽到這次政治鬥爭的內幕，在他看來，周揚等領導文藝的方式與高饒集團有許多相似之處，於是感到「身上的顧忌情緒在退卻下去，對歷史對黨負責的要求在升漲起來」，決定乘此時機，提請中央將周揚等經營的「獨立王國」一攬子解決。

1954 年 3 月，胡風根據這種理解開始撰寫「報告」，行文中他緊緊扣住中央反對非黨（宗派）活動的政治主題不放，極力貼近七屆四中全會精神。「信」的開頭便陳述了上書的動機，寫道：「在學習四中全會決議的過程當中，我作了反覆的考慮和體會。我反覆地考慮了對於文藝領域上的實踐情況要怎樣說明才能夠貫注我對於四中全會決議的精神的一些體會」，「我理解到黨所達到

的高度集體主義，是一次又一次地克服了非黨和反黨的毒害從內部瓦解的艱險的難關，這才通過血泊爭取到了勝利的。」〔註3〕

　　為了合理地解釋自己為何能從「顧忌」轉到「負責」，胡風不僅極力渲染七屆四中全會精神的感召，甚至把兩年前周總理與他的談話也放在這個新的基點上作了演繹。他在「報告」中寫道：「我終於明白了：周總理向我提示的『不能迴避批評』，是要我正視自己，正視現實，面對面地向鬥爭迎上去的意思。周總理向我提示的意思是：在鬥爭面前，我迴避不脫；有黨的保證，我沒有權利保留顧慮情緒。周總理向我提示的意思是：在必要的時候，無論在什麼領域黨都要求展開鬥爭，在鬥爭面前黨是無情的。周總理向我指示的意思是：黨是為歷史要求，為真理服務的，在歷史要求面前，在真理面前，黨不允許任何人享有任何權利。」〔註4〕

　　周總理與胡風談話事發生在 1951 年 12 月 3 日，談話主題是關於「胡風文藝思想」。當胡風提出問題不在他而在「黨的文藝領導」時，周總理說，「客觀上問題是很多，應該和同時代人合作，找大家談，學學毛主席的偉大，說服人」，還指示「不能迴避鬥爭」等等〔註5〕。實際上，從周總理的指示中，很難讀出比要求胡風多作自我批評更多的「意思」。

　　然而，胡風卻在作出以上演繹之後，在「信」中毅然地歸納出周揚等「非黨」（宗派）活動的四點表現：「一，以樹立小領袖主義為目的。」「二，不斷地破壞團結，甚至竟利用叛黨分子製造破壞團結的事件。」「三，把文藝實踐的失敗責任轉嫁到群眾身上，以致竟歸過於黨中央和毛主席身上。」「四，犧牲思想工作的起碼原則，以對於他的宗派主義統治是否有利為『團結』的標準；這就造成了為反動思想敞開了大門的情勢。」抹掉其中僅出現一次的「文藝」二字，幾乎便是高饒集團非黨（宗派）罪狀的翻版。

　　胡風成功地將與周揚等的理論分歧或宗派糾葛政治化後，進而推斷出了一個令人震驚的政治結論。「信」中有以下文字：

　　　　「我完全確定了以周揚同志為中心的宗派主義統治一開始就
　　　是有意識地造成的。以對我的問題為例，是有著歷史根源，利用革

〔註 3〕胡風《給黨中央的信》，收《胡風全集》第 6 卷。以下不另加注者皆出自此「信」。
〔註 4〕《胡風文集》第 6 卷，第 154 頁。
〔註 5〕《胡風文集》第 6 卷，第 654～661 頁。

命勝利後的有利條件，利用黨的工作崗位，有計劃自上而下地一步一步向前推進，終於達到了肆無忌憚的高度的。」

「我完全確定了以周揚同志為中心的領導傾向和黨的原則沒有任何相同之點。我完全確信：以周揚同志為中心的非黨傾向的宗派主義統治，無論從事實表現上或思想實質上看，是已經發展成了反黨性質的東西。」

從「有意識」到「有計劃」，從「非黨」到「反黨」，這便是胡風為周揚等共和國文藝界領導所作的政治結論。值得注意的是，胡風上書之前，報刊上所發文章對他的文藝思想的公開批評僅止於「反馬克思主義的文藝思想」和「反現實主義」〔註6〕，並沒有超出文藝思想論爭的範疇，而胡風在上書時卻提出了周揚等「非黨」及「反黨」的問題，表現出將思想鬥爭政治化的明確意圖。

然而，為胡風始料所不及的是，高饒集團的核心問題雖是攻擊黨和國家的主要領導人，但其錯誤的實質卻在於「故意將他們的個別的、局部的、暫時的、比較不重要的缺點或錯誤誇大為系統的、嚴重的缺點或錯誤」（《關於增強黨的團結的決議》）。胡風的上書是否也因存在著類似的「誇大」嫌疑而不被中央認可呢？這是筆者所不敢斷言的。

（二）胡風上書的目的是提請黨中央關注共和國文藝領導層的「人事」，而不是某些研究者所說的文藝「體制」或文藝「領導體制」；同時，也熱烈地表示了他願「在領導下工作」和「直接得到指示」的熱切願望。

「報告」所要揭示的中心問題是什麼？「信」說得十分清楚：

「以周揚同志為中心的非黨傾向的宗派主義統治……把新文藝的生機摧殘和悶死殆盡，造成了文藝戰線上的萎縮而混亂的情況。」

希望中央做什麼？「信」中也說得明明白白：

「只有黨中央轉到主動地位上面，才能夠挽救人民的文藝事業脫離危境；只有黨的領導發揮了作用，才能夠使人民的文藝事業在空前的思想保證和鬥爭保證之下建立起來飛躍發展的實踐基礎。」

〔註 6〕根據周總理的指示，1953年初《文藝報》發表林默涵《胡風的反馬克思主義的文藝思想》和何其芳的《現實主義的路，還是反現實主義的路》等兩篇文章。

先看「信」再讀「報告」，對於其上書宗旨幾乎不會有發生歧義和誤讀的可能性。簡言之，即：揭發「以周揚為中心」的某些文藝領導的「非黨」活動，提請中央「主動」地採取組織措施，並籲請加強「黨的領導」，以「挽救人民的文藝事業」。

1978年，胡風回顧「報告」的寫作過程，再次明確地表述道：「我一直認為，毛主席黨中央深知文藝方面掌領導權的人事力量是最弱的一環……我後來在呈中央報告提的看法中，就是以文藝領域上的建黨問題為中心或歸結的。」〔註7〕

身為黨外人士的胡風，五十年前竟如此關注共和國「文藝方面掌領導權的人事力量」，如此關注「文藝領域上的建黨問題」，他的革命責任感迄今未得到適當的評價。

「信」中還一再提及個人的祈望，就是「非……爭取參加鬥爭的條件不可」和「非……擔負起我應該擔負的鬥爭不可」的要求。此外，也傳達出「要求在（周恩來的）領導下工作」，「要求直接得到（毛澤東的）指示」的迫切願望。〔註8〕

遺憾的是，後來的研究者們或多或少地忽略了胡風如此明確且一以貫之的表白，甚至還有人一廂情願地將胡風說成「反體制的英雄」或「自由主義的鬥士」，其誤解胡風可謂深矣！

（三）胡風指出，由於周揚等缺乏「敵性的甚至警惕的思想態度」，致使建國初期文藝戰線未能配合黨領導下的急風暴雨的階級鬥爭，也必然不能配合下階段黨領導的更為複雜的思想鬥爭；他向中央承諾，一旦清算了「周揚等的宗派主義的統治」，黨的文藝事業必然「飛躍發展」。

胡風在「信」中著重分析了建國後階級鬥爭形勢及發展趨勢，指出文藝戰線本應緊密配合黨的階級鬥爭的中心工作，而周揚等文藝領導卻表現

〔註7〕《從實際出發》，《胡風全集》第6卷，第727頁。

〔註8〕胡風1952年5月11日給路翎的信中寫道：「還有一傳說：主席看過《路》，說，提法好，結論也對，分析有錯誤云。根據這，我去了信，並把《通報》內容摘要寄去。要求見面，要求在領導下工作，並給主席信，要求直接得到指示。」收《胡風全集》第9卷，第325頁。參照胡風日記，「去了信」指的是致周總理的信，「給主席信」，是致毛主席的信。括號內的文字為筆者根據此信內容所加。

得極不得力，因此激起了他的「痛苦和憤怒」，不得不採取直接上書中央的行動。

他在「信」中這樣寫道：「革命勝利了以後，階級鬥爭展開了規模巨大和內容複雜的激劇變化的情勢，但在文藝實踐情況上反而現出了萎縮和混亂。這個反常的現象是早已引起了黨和群眾的普遍的關心的。許多使人痛苦的事實說明了這裡面包含有嚴重的問題……到了今天，客觀情況已經發展到了再也不應該忍受下去的地步，而階級鬥爭又正在向著更艱巨更複雜曲折的深入的思想鬥爭上發展，不會容許這個應該擔負起專門任務的戰線繼續癱瘓下去；如果我們再不正視問題，就更不能有任何籍口原諒自己了。」

可以看出，胡風對建國後文藝實踐的評價標準並不是後來的研究者所說的有無「創作的自由空間」，而是能否緊密配合黨的階級鬥爭（或思想鬥爭）的中心工作。這個發現也許令人覺得有些費解，但卻是墨寫的事實。對照「報告」中他對阿壟的熱情薦舉，「在我們今天文藝思想上的階級鬥爭當中，（他）是能擔當一份任務的忠誠的戰士」〔註9〕，便可以明瞭。而胡風的所謂「階級鬥爭正在向著更艱巨更複雜曲折的深入的思想鬥爭上發展」的預測，表現出他比周揚等具備更高的階級自覺性。三個月後，毛澤東親自發動對《紅樓夢》研究的批判，繼而擴展到反對「胡適派資產階級唯心論」的鬥爭，在整個運動過程中，周揚等因反應遲緩受過毛澤東的多次批評，而胡風則用實際行動實踐了他向中央保證的「非……擔負起我應該擔負的鬥爭不可」的戰鬥誓言。

為了讓中央領導對文藝界「萎縮和混亂」的局面有更深的印象，胡風在「信」中使用了「封建主義性的陳腐東西和資本主義性的或庸俗社會學的虛偽冷淡的東西取得了、進而擴大了支配性的影響」的極端說法。應該指出，他的這個說法脫胎於毛澤東的有關指示，毛澤東在《人民日報》社論《應當重視電影〈武訓傳〉的討論》（1951年5月20日）中提出「文化界的思想混亂達到了何等的程度」的指責，還指出「有些人（共產黨人）甚至向這些反動思想投降」的問題。

然而，毛澤東當年發起批判電影《武訓傳》的思想教育運動，目的並不在追究周揚等的領導責任，而是號召剛剛掌握全國政權的共產黨人加強思想建設以抵禦資產階級思想的侵襲。胡風對這樣的處理方式顯然是不滿足的，

〔註 9〕《胡風全集》第 6 卷，第 349 頁。

於是在「信」中批評道：

> 「反動的《武訓傳》之所以能夠在庸俗社會學的偽裝下面打了
> 進來，絕對不是一個偶然的錯誤，而是由於宗派主義當時正在開始
> 全面地依靠主觀公式主義建立統治威信，用著全部力量排斥和打擊
> 對主觀公式主義不利的、為反映鬥爭實際而努力的創作追求，因而
> 對於用了和主觀公式主義同一實質的庸俗社會學偽裝起來的落後
> 的反動的東西不能有敵性的甚至警惕的思想態度所招來的結果。」

　　當年毛澤東所以要親自發動對電影《武訓傳》的批判，確實是由於周揚
等「喪失了批判的能力」，而江青在此役中有促成之功，從此漸露崢嶸。胡風
上書時重提舊事是否有「為了打鬼，借助鍾馗」的用意，甚或有曲意逢迎毛
澤東、江青之意，筆者不敢臆測。

　　胡風在「報告」中嚴厲批評的文藝宣傳部門領導並非周揚等一二人，而
是包括中宣部、全國文聯、全國作協的一大批領導幹部。為了使中央痛下人
事變更的決心，他在「信」中甚至繪出了「周揚後」時代的美妙前景：

> 「清算了宗派主義的統治以後，就有可能也完全有必要把在最
> 大限度上加強黨的領導作用和在最大限度上發揮群眾的創作潛力
> 結合起來，把在最大限度上保證作家的個性成長與作品競賽和在最
> 大限度上在黨是有領導地、在群眾是有保證地進行批評與自我批
> 評、進行提高政治藝術修養結合起來，把在最大限度上提高藝術質
> 量與積累精神財富和在最大限度上滿足群眾當前的廣泛的要求結
> 合起來……」

　　然而，問題的關鍵只在周揚等具體部門的領導者身上嗎？在「文藝為政
治服務」、「文藝必須配合黨的中心工作」等基本方針沒有改變的情況下，胡
風所承諾的美好前景會實現嗎？

　　（四）胡風認為，建國初期文藝實踐「失敗」的責任不在毛澤東的
　　　　　文藝思想，也不在黨對文藝界「當前任務和基本任務」的規
　　　　　定，而應由自任為「毛主席文藝思想的唯一的正確的解釋者
　　　　　和執行者」的周揚等負責。他還對周揚等企圖推卸「失敗」
　　　　　責任的行為表示了極大的憤怒，斷言他們的矛頭「直接指向
　　　　　黨中央」。

　　前文已經敘及，胡風對建國初期文藝實踐持全面否定態度，「信」中有這

樣一句經典的概括：「（周揚等『非黨的領導思想』）把新文藝的生機摧殘和悶死殆盡了，造成了文藝戰線上的萎縮而混亂的情況。」這樣的概括是否準確，不在本文論及的範圍之內。不過，僅就胡風個人而言，他從 1949 年夏到 1952 年初創作了兩部散文（《和新人物在一起》《從源頭到洪流》，合計 17 萬餘字）和兩部長詩（《時間開始了》《為了朝鮮，為了人類》，合計 5270 行），其創作成果可謂豐碩。

根據中外文學史的歷史經驗，造成一個時代文藝整體衰敗的原因大都來自外部的重大社會政治因素，或是宗教裁判的嚴峻無情，或是政治權威的極端專制。除此之外，罕有能窒息「文藝生機」的其他社會因素。

因此，當胡風斷言建國初期文藝實踐全面「失敗」而要追究「責任」的時候，就不由自主地陷入了兩難境地：既然上書的主觀目的是向黨表示「要求在領導下工作」及「非……擔負起我應該擔負的鬥爭不可」的熱望，就等於承認「黨的要求和歷史要求」具有「同一的內容」，換言之，即承認第一次文代會上制定的「為人民服務，首先為工農兵服務」的方針政策及文代會提出的「接受毛主席的指示，創造為人民服務的文藝」的口號的正確性，否則，便失去了上書的必要性；然而，如果承認了黨的文藝方針政策的正確性，就難以解釋建國初期文藝實踐何以全面「失敗」的原因。

胡風是這樣跳出兩難境地的，他在黨中央與基層文藝界之間找出了一堵牆，這便是周揚等打造的文藝界的「獨立王國」，並指責「它」封鎖了中央關於文藝的一系列指示，歪曲了毛澤東的文藝思想，蒙蔽了文藝界的幹部群眾。

於是，我們在胡風的「信」中讀到了這樣的含淚的控訴，他嚴厲地指責周揚等「公開地歪曲對他們的主觀主義不利的馬克思主義的原則，公開地反對證明了他的庸俗機械論的破產的蘇聯文學鬥爭的理論經驗」；他嚴厲地譴責周揚等「甚至竟暗暗地把文藝實踐的失敗責任歸過到黨中央和毛主席身上，敢於瓦解沒有直接接近過黨中央的高級幹部對於黨中央的信任。他的破壞團結的手段就由黨外到黨內，以至直接指向黨中央了。」

對於周揚等的後一個嚴重的「罪行」，胡風在「報告」中有著詳細的陳說。事情發生在 1952 年 4 月，周揚路經上海時與上海市委宣傳部負責人彭柏山有過一番私人談話，談到「現在文藝上的情形很困難，一時沒有什麼辦法，（他）是明白的，不過他很苦惱，重要的事情他都作不得主。他有許多很

好的看法，但不敢提上去。」事後，彭柏山將談話內容轉告了胡風。不料，事過兩年之後，胡風竟把這私人談話寫進了呈送中央領導閱示的「報告」裏，而且進行了這樣的誅心的分析：「如果連他（周揚）有了意見都不敢向上提，那除了使聽到的人得到一個黨中央和毛主席至少在文藝問題上是絕對不依靠群眾，不相信真理的結論以外，除了使聽到的人得到一個黨中央和毛主席是看著整個文藝戰線衰弱下去下去也毫不關心這結論之外，是不能有別的。」〔註 10〕

胡風把「私人談話」寫入「報告」，這做法是否恰當，似乎不必多加評說；但後來舒蕪以「私人信件」入文，卻曾是受到千夫所指的。只不過，胡風當年似乎比舒蕪走得更遠，請看下文：

> 「為了他那個宗派主義的統治欲望，為了他那個小領袖主義的張皇失措的心虛，周揚同志居然忍心到暗暗地把文藝實踐的失敗責任轉嫁到經常感到身上負著泰山一樣重的責任的畫夜辛勞的黨中央和毛主席的身上。反而『苦惱』地把他自己說成了一個使人不勝同情的『無可奈何』的『失敗的英雄』，甚至是做了黨中央和毛主席的犧牲品的『贖罪的羔羊』。分析到這裡，我心裏湧了出來的悲憤強過了憎惡，全身火燒一樣地實感到了我們的革命是不得不犧牲了多少寶貴的東西才通過了曲折的道路爭取到了這個偉大的勝利的。」〔註 11〕

周揚當年的「苦惱」是否真實，只要重讀毛澤東《應當重視電影〈武訓傳〉的討論》中對「一些號稱學得了馬克思主義的共產黨員」的批評就可以明瞭。胡風當年的「悲憤」是否真實，從相關者的著述和回憶中卻找不到任何可資證實的記錄，而他對「經常感到身上負著泰山一樣重的責任的畫夜辛勞的黨中央和毛主席」的面諛，實在不像人們心目中的「鐵骨錚錚」的漢子所能為。

胡風為了摧毀（爭奪）周揚等「毛主席文藝思想的唯一的正確的解釋者和執行者的統治威信」，為了向中央證實自己所具有的更高的「黨性要求」，走得實在太遠了一點。

無論從哪個角度看，「信」都是解讀「報告」的鑰匙。譬如，文藝戰線應

〔註 10〕《胡風全集》第 6 卷，第 395 頁。
〔註 11〕《胡風全集》第 6 卷，第 395 頁。

如何增強「敵性」觀念，文藝戰線應如何「擔負起專門任務」，文藝工作應如何體現黨的「道德力量」，以及如何認識周總理對他的「領導關係和思想影響」，如何看待周揚等拜倒在「墮落的」、「積極反動的『老作家』」腳下的「以敵代友」的思想動機，如何辨識和剔除文藝界中混雜著的「品質不好的黨員」和「叛黨分子」，等等。

先仔細地看「信」，再認真地讀「報告」，所得必會更多。

2004/6/19

二、細讀胡風之「關於舒蕪問題」〔註12〕

提要：上世紀 50 年代初，胡風與舒蕪在文藝思想上發生分歧，繼而互作政治指控。在這一過程中，兩人都曾不恰當地「將私人通信用於公共事務」，所加諸對方的「罪名」也頗為相似，而胡風的操作先於舒蕪整整一年。他們所以這樣做，在很大程度上來自於三、四十年代文化人的思維和行為慣性。因此，在討論胡風與舒蕪的恩怨時，不能糾纏在「私人通信」這個問題上，而應換個角度。

主題詞：胡風；舒蕪；私人通信

（一）胡風「將私人通信用於公共事務」早於舒蕪一年整

「關於舒蕪問題」見於胡風《關於解放以來的文藝實踐情況的報告》（俗稱「三十萬言書」）的第三部分「事實舉例和關於黨性」的第四節〔註13〕。參照胡風日記，可知這節文字起筆時間不遲於 1954 年 5 月〔註14〕。

這節文字是他為《關於舒蕪和〈論主觀〉的報告》（1952 年）所作的補充，1954 年胡風撰寫「三十萬言書」時，認為 1952 年的報告言猶未盡：從時間來說「只簡單地說到解放以前的情況」，從內容來說只是「以能夠說明我的檢討為限」，沒有把舒蕪的政治品質問題說透；於是再「補充幾點，並說明那以後的情況」。這補充的「幾點」共有十一則，約 5000 餘字。

細讀此節全文，最令人驚奇的發現是：胡風用以證實論敵舒蕪「氣質」和「品質」的十一則材料幾乎全是私人書信。順便提一句，舒蕪起筆撰寫《關

〔註12〕該文原題為《細讀胡風之「關於舒蕪問題」——兼及「將私人通信用於公共事務」問題》，載《江漢論壇》2005 年第 12 期。

〔註13〕胡風：《關於解放以來的文藝實踐情況的報告》，《胡風全集》第 6 卷，湖北人民出版社，1999 年版，第 324～331 頁。

〔註14〕胡風：《胡風全集》第 10 卷，湖北人民出版社，1999 年版，第 489 頁。

於胡風的宗派主義》的時間是在「1955 年 4 月底或 5 月初」〔註15〕。換言之，胡風「將私人書信用於公共事務」早於舒蕪一年整。

（二）胡風利用私人書信之例證

「關於舒蕪問題」所補充的十一則材料中，利用私人書信作為論據的共有七則，詳如下：

第一則材料提到兩封私人通信，說明 1945 年 11 月胡喬木與舒蕪討論《論主觀》事，用意在於澄清當年自己在此事件中所持的態度。胡風寫道：討論進行得很激烈，「出來了以後舒蕪很激動，說：『他（指胡喬木）設了許多陷阱，要我跳下去呀！』我聽了感到意外，覺得這個想法太不平常，證明了這個談話恐怕只有反效果。」於是，便「勸他（指舒蕪）給胡喬木同志寫一封信」，表明願意聽取意見的誠意；「後來胡喬木同志對我（胡風）說他自己對舒蕪的態度也不好，我也去信委婉地告訴了他（指舒蕪）」。胡風認為此舉安定了舒蕪情緒，避免了矛盾激化。

第二則材料摘引了舒蕪 1945 年 7 月 2 日給他的信。摘引部分如次：「觀看朋友們的反映，我，似乎已是逐漸走向市儈主義的了。……一定是，心理有不安有難堪時，倒成了顧影自憐，倒成了市儈主義。……二十世紀的個人主義，客觀上就是市儈主義。是不是？」胡風用以證實舒蕪那時已承認具有「市儈主義」的氣質。

第四則材料提到及摘引了三封私人書信，用以證實解放後舒蕪不安於位，總想到大城市工作。第一封是南寧解放後舒蕪託他找工作的信；第二封是他的回信，其中談到「就是被當作留用人員也得留下，好好向老幹部學習」；第三封是舒蕪的回信，摘引原信「在老幹部身上看到了『毛澤東思想的化身』」。

第六則材料提到及摘引了舒蕪的三封信，用以說明解放後舒蕪的「市儈主義」氣質越來越惡劣。1950 年 9 月舒蕪來北京出席全國中蘇友協工作會議，曾與多年未見面的胡風、路翎等朋友見面交談。胡風為證明此時已對他的「氣質」很不耐，提到「他走後來了三封信，且告訴我熊復黑丁同志請他吃飯，但我都沒有回答」。熊復、于黑丁當年都是中南文協領導，而舒蕪當年在廣西省、南寧市兩級文聯都有任職，當時廣西文聯尚隸屬於中南文協。

〔註15〕舒蕪：《〈回歸五四〉後序》，載《新文學史料》1997 年第 2 期。

第八則材料中摘引了舒蕪的一封信，用以揭露舒蕪的「虛偽」。1952 年中宣部召開「胡風文藝思想討論會」，舒蕪被邀請參加。胡風寫道：舒蕪「動身之前告訴人：『北京沒有辦法了，我這次去是當大夫，開刀！』」接著提到，舒蕪抵京後「來信要見面，裏面還說『兩年多來，不大清楚你的行蹤，事情又忙，故一直不曾寫信』。」

第九則材料中提到舒蕪的一封信，用以批駁舒蕪對他的誣陷。1952 年的「胡風文藝思想討論會」上曾將舒蕪的《向錯誤告別》印發給與會代表，舒蕪在此文中說他寫作《論主觀》時受到了胡風的《文藝工作的發展及其努力方向》的「啟示」。胡風為了證實並無其事，指出「他的《論主觀》是在一九四四年二月二十八寫定的，不但文章後注得明白，還有他第二天給我的信」。

第十則材料中摘引了舒蕪的一封信，仍是為了揭露舒蕪的「虛偽」。1952 年 12 月 27 日，舒蕪開完「胡風文藝思想討論會」返回南寧，行前給胡風寫了一封信。胡風寫道：「舒蕪完成了任務，離京之前還給了我一封信：『那篇文章（指《向錯誤告別》），回去後將重寫。因為大致是要發表的，將只檢查自己。那篇裏對你所提的意見，則想著是幾個人看看的性質，所以盡所能理解的寫出來，其中不對的地方當然一定有，僅提供參考。不知何時回滬？何時移家來京？』他安詳得很，這是轉過頭來用笑臉把我也當做小孩子看待了。」

綜上所述，胡風在這節文字中共提及和摘引私人書信 12 封，其中他自己的書信 2 封，舒蕪的書信 10 封。

應該指出，無論是為了揭露論敵的「氣質」，或是為了替自己辯誣，胡風都毫不猶豫地間接或直接引用私人書信。其中摘引不當的情況也有，譬如，為了揭露舒蕪的「市儈主義」氣質，胡風引用了舒蕪書信中的自我解剖，這種做法是不妥當的。須知，同期路翎在給胡風的信中也曾有過與舒蕪相似的自我解剖，如果有人根據其中的「我應該是很誠實的，然而我常常虛偽」〔註16〕這樣的字句來責備路翎，想必胡風也是不會同意的。

順便提一句，剩下的五則材料全是用來揭露舒蕪的政治「品質」的，而用以說明問題的論據則都是私人談話。如第三則材料揭露其對解放軍的態度，第五則材料揭露其「因被捕問題被清除出黨以後表現了強烈的反黨態度。」第七則和第十一則材料則揭露時任中宣部文藝處副處長的林默涵對舒蕪的包庇和縱容。

〔註16〕曉風：《胡風路翎文學書簡》，安徽文藝出版社，1994 年版，第 82 頁。

（三）胡風和舒蕪互加罪名之解析

1954 年 5 月，胡風呈送中央的「關於舒蕪問題」，文中不當地提及和摘引了舒蕪給他的書信，甚至還直接或間接地引用無法驗證的私人談話。粗略地歸納一下文中提供的十一則補充材料，可以看出胡風給舒蕪戴了四頂政治帽子：

第一、舒蕪是市儈主義者、品質惡劣的欺騙者。

第二、舒蕪因被捕問題被清除出黨以後表現了強烈的反黨態度。

第三、舒蕪對解放軍和老幹部的態度引起了朋友們的強烈的不滿。

第四、舒蕪是打進黨的「破壞者」（內奸）

其實，這四頂政治帽子的要害只是一個：舒蕪是叛黨份子！

1955 年 5 月，舒蕪應《人民日報》編輯約稿，起筆撰寫《關於胡風的宗派主義》，文中也不當地大量摘引胡風書信。此文被《人民日報》編輯送到中宣部，引起了林默涵的嚴重關注，林指示將這些書信「進行摘錄、分類、注釋」〔註 17〕，這便是《關於胡風反黨集團的一些材料》問世的背景。

後來的研究者一般認為，「材料」中的四個小標題就是舒蕪強加給胡風的四項罪名：

> 第一、從這一類的材料當中，可以看出十多年來胡風怎樣一貫反對和抵制中國共產黨對文藝運動的思想領導和組織領導。
>
> 第二、從這一類的材料當中，可以看出十多年來胡風怎樣一貫反對和抵制中國共產黨所領導的由黨和非黨進步作家所組成的革命文學隊伍。
>
> 第三、從這一類的材料當中，可以看出十多年來胡風為了反對中國共產黨對文藝運動的領導，為了反對中國共產黨所領導的革命文學隊伍，怎樣進行了一系列的宗派活動。
>
> 第四、從這一類的材料當中，可以看出胡風十多年來在文藝界所進行的這一切反共的宗派活動，究竟是以怎樣一種思想，怎樣一種世界觀作基礎。

其實，四項罪名可以合一，即：胡風反黨！

胡風撰寫「關於舒蕪問題」時，他與舒蕪的矛盾尚屬文藝思想鬥爭的範疇，還沒有轉化到政治鬥爭的程度。而他在「三十萬言書」其他部分及同時

〔註 17〕舒蕪：《〈回歸五四〉後序》，載《新文學史料》1997 年第 2 期。

呈送的《給黨中央的信》中，已經明確地將舒蕪說成是「叛黨分子」〔註18〕，甚至多次指責周揚等「利用叛黨分子在黨和群眾面前公開地造謠侮蔑不向他屈服的作家」〔註19〕。

舒蕪撰寫《關於胡風的宗派主義》時，胡風問題已由上面基本定性，其要害已不在「宗派主義」。舒蕪的這篇文章與裝訂成冊的胡風信件被同時送往林默涵處，林默涵感興趣的並不是文章而是信件，他於是這樣對舒蕪說道：「你的文章和胡風的信，都看了。你的文章可以不必發了。現在大家不是要看舒蕪怎麼說，而是要看胡風怎麼說了。」〔註20〕

（四）「將私人通信用於公共事務」問題

綜上所述，在上世紀50年代初期的政治環境和法制環境中，胡風與舒蕪互作政治指控時，都曾不當地「將私人通信用於公共事務」，所加諸對方的「罪名」也頗為相似。

剩下的問題是，舒蕪「存心」利用私人書信是否早於胡風撰寫「關於舒蕪問題」。曉風、曉谷、曉山整理輯注的《胡風致舒蕪書信選》的注文中，有如下一段：

> 「應該指出，舒蕪要利用胡風這些信件，是存心已久的。據梅志回憶，1954年夏天的一個晚上，聶紺弩和何劍熏曾帶著舒蕪來胡風家。出於對舒蕪所作所為的憤慨，胡風大聲喝斥說：『老聶，我這家裏可不是隨便什麼人可以來的！』弄得聶很尷尬地帶舒蕪離去了。過了幾天，聶紺弩夫人周穎來胡風家，告訴胡風和梅志，事後舒蕪曾悻悻地說：『他別厲害，我手裏還有他的信呢！』聶紺弩嚇了一跳，連忙勸解，試圖讓舒蕪打消此念。」〔註21〕

引文中提到的舒蕪登門受辱的準確時間是1954年7月7日。查胡風當天日記，有「紺弩引無恥和何劍熏來；即罵出門去」的記載。舒蕪對此事另有說法，但登門拜訪受辱以致提及書信事並無多大差訛〔註22〕。由此可以確定，

〔註18〕胡風：《關於解放以來的文藝實踐情況的報告》，《胡風全集》第6卷，湖北人民出版社，1999年版，第341頁。

〔註19〕胡風：《關於解放以來的文藝實踐情況的報告》，《胡風全集》第6卷，湖北人民出版社，1999年版，第99頁。

〔註20〕舒蕪：《〈回歸五四〉後序》，載《新文學史料》1997年第2期。

〔註21〕曉風、曉谷、曉山：《胡風致舒蕪書信選》，載《新文學史料》1998年第1期。

〔註22〕舒蕪：《〈回歸五四〉後序的附記又附記》，載《新文學史料》1998年第3期。

胡風家屬認定舒蕪「存心」要利用胡風書信事始於此日；換言之，舒蕪起念的時間仍晚於胡風起筆 3 個月。

述及此處，便不能不涉及到學界曾討論過的「將私人通信用於公共事務」是否妥當的問題，或所謂「倫理底線」問題。筆者以為，任何歷史事件只能放在一定的歷史條件下考察，脫離了一定的政治環境和法制環境，便無從判斷其妥當與否。

譬如，魯迅在 30 年代也曾以私人書信入文，最為著名的兩例是《答徐懋庸並關於抗日統一戰線問題》和《答托洛斯基派的信》，這兩篇文章都未經對方同意而引用了對方的信件。此舉是否有悖法理呢？答案是肯定的。1912 年 3 月 11 日孫中山簽署頒布的《中華民國臨時約法》之第二章中有「人民享有通信秘密等自由權」的規定。值得注意的是，魯迅先生儘管這樣做了，但並不以為十分正當，因此在行文中婉轉地進行了辯解。他在《答徐懋庸並關於抗日統一戰線問題》中這樣寫道：「以上，是徐懋庸給我的一封信，我沒有得他同意就在這裡發表了，因為其中全是教訓我和攻擊別人的話，發表出來，並不損他的威嚴，而且也許正是他準備我將它發表的作品。」而在《答托洛斯基派的信》後也補充了一句：「要請你原諒，因為三日之期已過，你未必會再到那裡去取，這信就公開作答了。」

那麼，上世紀 50 年代初胡風和舒蕪以私人書信入文是否也有悖法理呢？答案也是肯定的。新中國的第一部憲法（草案）公布於 1954 年 6 月 14 日，正式頒布於 1954 年 9 月 20 日，第九十條明確規定中華人民共和國公民的「通信秘密受法律的保護」。舒蕪作於次年 5 月的《關於胡風的宗派主義》摘引他人書信之違法自不必說，即如胡風的「關於舒蕪問題」摘引他人書信也是違法的。身為全國人大代表的胡風自當年 4 月 27 日起就「參加了憲法座談會」〔註23〕，6 月 28 日「為憲法草案寫《中國現代史的百科全書》」〔註24〕，7 月 3 日下午曾「參加作協憲法討論會」〔註25〕，他應該非常清楚憲法草案中關於「通信秘密」的相關規定。而「關於舒蕪問題」的起筆時間不早於 5 月 24 日〔註26〕，初稿完成時間不遲於 6 月 8 日〔註27〕，改定時間

〔註23〕胡風：《胡風全集》第 10 卷，湖北人民出版社，1999 年版，第 479 頁。
〔註24〕胡風：《胡風全集》第 10 卷，湖北人民出版社，1999 年版，第 496 頁。
〔註25〕胡風：《胡風全集》第 10 卷，湖北人民出版社，1999 年版，第 497 頁。
〔註26〕胡風：《胡風全集》第 10 卷，湖北人民出版社，1999 年版，第 489 頁。
〔註27〕胡風：《胡風全集》第 10 卷，湖北人民出版社，1999 年版，第 492 頁。

不遲於 6 月 28 日〔註28〕。

　　如此說來，當年胡風和舒蕪利用私人通信互加罪名，從法制的角度來看，他們都有點「盲」。當然，這裡還有一個文化人的思維、行為慣性問題，胡風和舒蕪都曾與魯迅同時代，胡風非常崇拜魯迅，這是世人皆知的；舒蕪「尤尊魯迅」，他自己也說得很分明。也許他們這樣想過：魯迅做得，我為什麼就做不得呢？

　　也許有人會說，我們討論的是「私人信件可不可以不經允許地用於公共事務」的問題，胡風的「三十萬言書」是提供給黨中央的報告，並不是為了公開發表的，與舒蕪的欲公開發表的文章不可同日而語！這個說法成立嗎？

　　請參看 1954 年 10 月 28 日胡風給張中曉的信：「……今天甚至聽說二十多萬字的東西（指『三十萬言書』）要出版了，如果真是這樣，大概是上面已經決定了要徹底考慮考慮。」〔註29〕由此可知，胡風並不反對「報告」公開出版，甚至是非常渴望能夠公開出版。當然，1955 年 1 月，當公開出版即將成為事實前，胡風也曾向周揚表示過不願意出版的意思，但那只是因時易事遷而作的另一種考慮罷了。

　　因此，在討論胡風與舒蕪恩怨時，不能泛泛地說「私人信件可不可以不經允許地用於公共事務」，關鍵問題並不在於誰摘引了誰的書信，也不必追究誰先摘引了誰的書信。或如胡風家屬所說，關鍵問題在於誰運用了「歪曲事實、移花接木的手法」。胡風摘引舒蕪書信，應該作如是觀；舒蕪摘引胡風書信，也只能從這個角度來判斷。

〔註28〕胡風：《胡風全集》第 10 卷，湖北人民出版社，1999 年版，第 496 頁。
〔註29〕林默涵：《胡風事件的前前後後》，載《新文學史料》1989 年第 3 期。